拾われ
ヤクザ、執事
はじめました
Hiroware yakuza
shitsuji hajimemashita

拾《ひろ》われヤクザ、執事《しつじ》はじめました

茜花《さいか》らら
ILLUSTRATION：乃一《のいち》ミクロ

拾われヤクザ、執事はじめました

LYNX ROMANCE

CONTENTS

拾われヤクザ、執事はじめました

冷たい雨が降ってきた。

三宗《みつむね》は肩で息を弾ませながら口内にたまった血を吐き出すと、鉛のように重い腕で目元を拭《ぬぐ》った。

雨粒が目に染みたのかとばかり思っていたけれど、どうやら目に入ったのは血だったようだ。ジャージの袖口《そでぐち》が新たな血に濡《ぬ》れている。

「日高《ひだか》よ」

得物も持たず、三宗の血のついた拳《こぶし》をぶらりと振った初老の男が顔を顰《しか》めながら苦々しく吐き出した。

三宗の目の前には男が五人、今となっては殺気立った様子もなく取り囲むように立っている。もう三宗に万が一の可能性もない。そう思われているんだろう。

そもそも万が一の可能性とは何なのか。三宗がここを抜け出したとして、どう振る舞えば勝てる、勝てるのかわからない。

わからないからこそ、一発の拳にも力がこもらない。

喧嘩《けんか》なら得意だ。

目的さえあれば相手が五人でも十人でも勝てたかもしれない。

だけど、この男たちをぶちのめしたとして、その先どこへ行けばいいのか。

三宗は混乱していた。

自分が握る拳の中に守りたいものがない。

「テメェ、何でイチイチ立ち上がんだ。もういいだろ、このへんで」

嗤《わら》ったのかため息か、小さく息を吐いた中央の男は顔に深く刻まれた皺《しわ》を震わせるように言った。

つい先日まで、同じ組の代紋を背負っていた男だ。今となっては袋の鼠《ねずみ》になった三宗の返り血を浴びているけれど、少し前までは事務所で寝起きを共にしていた。

だからこそもう立ち上がるなと、そう言ってくれるのだろう。

三宗が相手の立場だったらやはり同じことを言っていたかもしれない。もう立ち上がらないでくれと。

「もうネンネしちまえ。何も、お前の命《タマ》まで獲《と》ろうなんて考えちゃいねぇんだ、コッチは」

本音だろう。

その証拠にさっきから男たちは三宗をこの袋小路に足止めさせてはいるものの、拳銃《チャカ》も匕首《ドス》もちらつかせてこない。

だからといってハイそうですかと濡れた地面に寝転がってしまえる三宗ならばこんな目には遭ってない。

左腕は既に骨が嫌な疼《うず》きを帯び、足もふらついている。

それでも立ち上がらずにはいられない。

「……寝てろって言われて、アンタなら寝てられんスか」

ぶちのめされても立ち上がる以外に方法があるならとっくにそうしている。

他に方法を知らないから、「負けないでいる」ことで矜持《きょうじ》を保つことしかできない。

三宗の問いかけに口端を引き下げた男が押し黙っていると、背後の浅黒い肌をした若い男が肩を震わせて噴き出した。

「ンなコト言っても、他にどーすんの？　お前ンとこの跡目はとっくに警察《サツ》に逃げ込んじゃってんのに」

軽薄そうな男の声に、ぐらりと眩暈《めまい》を覚えた。

今更、脳が揺れだしたような気分だ。

「――もう、菖蒲会《しょうぶかい》は終わりだ」

眩暈を振り払うように短く首を振った三宗に追い討ちをかけるかのように、初老の男が低くつぶやいた。

終わりなんかじゃないと言い返したいのに、声が喉《のど》に詰まったようになって出てこない。

何度も拳を握りなおしても、血でぬるぬると滑ってしまう。

自分が今何のために立っているのかわからなくなって、濡れて黒ずんだ足元が覚束《おぼつか》ない。

「テメェもこっちに来い。寝る場所ぐらいは面倒《めんどう》見て――」

「っ！」

男の言葉を聞き終える前に、三宗の体は反射的に動いていた。

夢中で繰り出した拳が空を切って唸《うな》り声を上げる。誰かの舌打ちが聞こえた。

「聞き分けのネェ男だな」

「野良犬かよ」

若い男の嗤い声。初老の男の、諦《あきら》めたようなため息。

きっと今のが、最後のチャンスってやつだったんだろう。それを棒に振るどころか拳を振るった三宗の背中に、鈍痛が走った。

したたか殴りつけられたのか、一瞬息を詰まらせた三宗が体勢を崩すとその隙《すき》を逃さずに腹部を蹴《け》り上げられる。

内臓が悲鳴を上げ、血の味の混じった胃液がこみ上げてきた。

目の前がチカチカと点滅する。

雲が低くたちこめた暗い空を仰いだ、そこまでは覚えている。

あとは暗がりの向こうで馬鹿なヤツだと嗤われたことや、遠くに車の停《と》まる音を聞いたような気がするけれど気のせいかもしれない。

ひどい眩暈と胸糞《むなくそ》の悪さで暗転した世界では、すべてが悪い夢のように感じられた。

いっそのこと何もかも夢だったら良かったのに。

歯噛《が》みするような気持ちで無意識に拳を握り締めた三宗が意識を手放す瞬間——何か温かいものがその手に触れたような、そんな気がした。

やくざ者になろうと思ってなったわけじゃない。

高校を退学になって働き始めた時、友人から紹介された菖蒲会の先代組長はどこにでもいる気の好《よ》いおじさんに見えた。

組に入れだの、シノギを手伝えだのとは一度も言われなかった。むしろ、こんな人間になっちゃ駄目だと冗談交じりに何度も言い聞かされたくらいだ。

それがまるで、自分にも父親がいたらこんな風だったんだろうかと感じられて——気付いたら、構成員になっていた。

まるで家族のような温かい組だった。

三宗が正式に名前を連ねることになった時は組長《オヤジ》自ら母親に挨拶《あいさつ》にきたし、母の葬儀には組長が一番大きな花輪を出してくれた。

菖蒲会がなければ、三宗は今頃どこで腐っていたかもわからない。

菖蒲会は三宗にとって実家だった。

くたびれた雑居ビルに、切れかけた蛍光灯、三宗をはじめとする貧乏な構成員が雑魚寝する事務所に漂うインスタント味噌《みそ》汁の香りは、今でも思い出すたびにホームシックになるくらいだ。

煙草《たばこ》の臭《にお》いと下水の臭いが入り混じってうんざりするくらい空気の悪い場所だったけれど、誰がなんと言おうとあそこは守らなければいけない場所だった。

「あっ、気がつかれましたか？」

柔らかな香り。あたたかい明かり。

背中を優しいもので包まれた状態で目を覚ますと、三宗は二、三度と瞬《まばた》きを繰り返した。

黒髪を二つに結んでカチューシャをつけている女が顔を覗《のぞ》き込んでくるなり、背後を振り返って誰かを呼ぼうとしている。

とても水商売の女には見えない。

水商売の女というのはどんなに清楚《せいそ》風を装っていても何故《なぜ》か匂《にお》いが違うものだ。あるいはその匂いがないと男をその気にさせることができないのかもしれない。

黒いワンピースを着た女は不細工というわけではないけれど、女という匂いを感じさせない。こう見えてひどく年増なのだろうかと思わされるほど落ち着いた様子で、化粧っ気もない。ついでに体の肉感的なメリハリもなく、スレンダーというよりは貧相な体つきをしている。

「お医者様を」

女の観察をしているうちに若い男の声がどこからともなく聞こえて、反射的に三宗は身を起こした。

「……ッ！」

瞬間、背中に激痛が走って顔を顰める。

背中を素手で殴られたとばかり思っていたけれど、もしかしたら鉄パイプか何かでも持っていたのかもしれない。骨にまで問題はなさそうなものの体が軋《きし》むようだ。

「大丈夫ですか？　急に起きられては……」

ベッドを跳ね起きると、白いシャツに黒いスラックスという出《い》で立《た》ちの若い男が駆け寄ってきた。

体つきは細く、髪もきれいにまとめられている。

差し伸べられた掌《てのひら》は大きいけれど拳が大きいタイプではなさそうだ。やくざ者も最近はインテリが多い。しかしこの男はどちらかというと——善良なサラリーマン、といったように見える。

しかし、サラリーマンじゃない。

着ているシャツのモノが良すぎる。

やくざの底辺から組長クラスまで毎日見ていれば、三宗のような人間でもシャツの良し悪《あ》しくらいはわかるようになるものだ。

「……ンだ、テメェは」

伸ばされた手を避けて、三宗は唸るように答えた。

室内を窺《うかが》う。

見覚えのある場所じゃないことは覚悟していたけれど、想像以上にここがどこだか判断できない。

病院ではなさそうだ。こんなに華美な装飾のある病室を三宗は知らない。

一度だけ組長の付き添いで見舞いに行った政治家の個室だってこんなに広くなかった。

ベッドには無駄に屋根がついている。室内なのに屋根をつける意味はわからないが、小さい頃に祖母の家で見た蚊帳《かや》のようなものだろうか。だいぶ西洋風だが。

ベッドはキングサイズというのかクイーンサイズというのかわからないが、とにかく広い。駆けつけてきた男の手を避けるまでもなく、三宗がベッドの端にいれば到底手が届く心配もないくらいだ。

三宗が事務所でよくベッドにしていた革の剝《は》がれかけたソファの五倍以上広い。肌触りなんて比較もできないほどで、ただの布に「とろけるような触感」とキャッチコピーをつけてしまいたくなるようだ。

自分の置かれた状況を観察しようとすればするほど、三宗は緩やかに混乱してきた。

「――ドコだ、ここは？」

背中に冷たい汗が滲《にじ》んでくる。

呆気《あっけ》にとられたように硬直してしまった男と女は、妙に小綺麗《こぎれい》な格好をしている。やくざの事務所ではないと思っていいだろう。病室でもなさそうだ。

だとすると、自分がどうしてこんなところにいるのか。

状況を判断する材料がまるでひとつも思い浮かばなくて、三宗の思考はそこで中断してしまう。

ただ体の節々は確かに痛くて、どうやらこれは夢じゃなさそうだ。

「申し遅れまして、失礼いたしました」

ふっと強張《こわば》りを解いた男が苦笑を漏らしながら姿勢を正すと、穏やかな低い声をあげた。

こちらに警戒心を持たせない、計算された声だ。どちらかというと政治家のそれに近い。三宗は警戒して、自分の手足の骨を確認した。まだだいぶ痛むが、折れている様子はない。いざとなれば、短距離ならば逃げ出すこともできる。

「わたくしどもは香ノ木《こうのぎ》家の使用人でございます。こちらは、香ノ木家の赤坂《あかさか》のお屋敷――」

「コウノギ？」

聞いたことがあるような、ないような。

使用人だの屋敷だの、馴染《なじ》みのない言葉が寝起きの頭に鈍く響いて、三宗は狐《きつね》につままれたような気分で思わず聞き返してしまった。

言われてみれば女が着ている黒いワンピースはいわゆるメイド服のようでもある。とはいえ、アダルトビデオの撮影用に用意するような安っぽい生地ではないから一瞬連想できなかったけれど。

「大変差し出がましい真似《まね》かと思いましたが、あなたが道で倒れているところをお見かけいたしまして」

「私が屋敷までお連れしました」

涼やかな声にハッとしたのは三宗だけではなかった。

まるで腫《は》れ物を扱うかのようなスーツ姿の男とメイド風の服装の女も弾《はじ》かれたように背後を振り返り、機敏な仕草でベッドの前から退《しりぞ》いた。女は腰を落とし、男は頭を下げる。

部屋の空気が変わった。

三宗が今まで経験してきた状況に当てはめるとするなら、組長が車から降りてきた時の空気そのものだ。

――光沢のあるグレーのスーツを着た細身の男、これが「組長」か。

三宗はにわかに緊張して、男を推し量ろうと目を眇《すが》めた。無意識に下唇を舐《な》めると、まだ血の味がする。

「初めまして、香ノ木葵《あおい》と申します」

抑揚のない平坦な声。

人形が歩いてきたのかと疑いたくなるような無機質な顔は驚くほど小さく、足がスラリと長い。肌の色は抜けるように白く、長めに額に落ちた黒髪も切れ長の目に佇《たたず》む黒目も、どこか灰がかっている。見れば見るほど、これはそういう人形なのだと言われたほうがしっくりくる。到底生身の人間の頭身とは思えない。少なくとも三宗と同じ人種ではなさそうだ。外国人モデルかもしれない。それならばおとぎ話に出てくるお城のようなこの部屋の内装にも合点がいく。

「失礼ですが、そちらは？」

奥二重の奥の瞳《ひとみ》が三宗の顔の上で止まっている。

薄い唇もあまり大きく動かないものだから、その中にマイクでも仕込んでパソコンで合成した音声を流しているのだと言われても不思議はない。

人形か、外国人モデルか。

どっちにしろこの状況が不可思議なことには変わりない。

「日高三宗」

三宗が名乗ると、女が小さく会釈をして踵《きびす》を返した。

偽名を名乗るべきだったかと思ったけれど、もう遅い。

お前は本当に機転の利かねぇ男だと組でもよく嗤われたけれど、下手にない頭を使うよりも力でゴリ押しするほうが性に合っている。それでなんとかなってきたし、そういう風にしか生きられない。

いや、それでなんともなってないからあんな目に遭ったのか。

「……ココは？」

「私の屋敷です」

応答が早い。

作り物のようによく整った顔で首も揺らさず、ズバリと要件だけが返ってくると素っ気なく感じられるが、回りくどいことが嫌いな三宗には悪い気はしない。

ただどうしてもやっぱり、ロボットと話しているような気にはなってしまうが。

「どうして俺がココに？」

「あなたが救急車を呼ぶなと仰《おっしゃ》ったので」

ベッドのそばに立った男——香ノ木は身を屈《かが》めもせず、まるで高みから見下ろすように三宗を冷や

やかに見ている。

体つきこそ細いが長身なのと、その不遜《ふそん》な態度が妙に威圧感を覚えさせた。とはいえまるで野良犬のように打ち棄《す》てられていたところを拾われたのだから、仕方がない。

「救急車……」

誰かが駆けつけてくれたことも記憶になければ、救急車を呼ぶなと口走った記憶もない。

しかし朦朧《もうろう》とした意識の中でも、病院にかかれば組に迷惑が及ぶと考えたんだろう。

まして病院から警察に話が行けば、菖蒲会に何があったか洗いざらい話せと追及を受けることになる。考えるだけでゾッとした。こんな得体の知れない男を拾って、そのうわ言を真に受けて病院にも連絡をしないでいてくれたなんて、それだけでも感謝しきれない。三宗は改めて香ノ木という男を仰ぐと、ベッドの上に座り直した。

膝《ひざ》を折り、姿勢を正すと脛《すね》のあたりが痛む。しかし、耐えられないほどじゃない。

「ありがとうございました」

背筋を伸ばしたまま、ぐっと胸を膝に引き寄せ頭を下げる。

菖蒲会に入ると決めた時、礼だけはちゃんと言えるようになれと組長に教わったものだ。

それが敵でも味方でも知らない人間でも、恩義を受けたら礼は尽くす。それが三宗の父親代わりをしてくれた組長の信念だった。

「いえ。慈善事業のようなものです」

たっぷり五秒間頭を下げた三宗が顔を上げるより先に、淡々とした香ノ木の声が降ってくる。

ジゼンジギョウ、と口内でつぶやきながら三宗が早々に足を崩しても、香ノ木は眉《まゆ》ひとつ動かさない。本当に能面のようにピクリとも動かない顔だ。

三宗の周りには強面の優しい男も、いつもにこにこと笑っている腹黒い男もいたけれど、ここまで何の感情も読み取れない顔っていうのはあまり見たことがない。

「……ボランティアみたいなもんか」

金の有り余ってる芸能人が多額の寄付をしたり、海外セレブが人道支援をしたり。それに比べるとちょっと些細《ささい》すぎるが、その延長線で助けてもらったのかもしれない。

崩した足を胡座《あぐら》に組もうにもどこかの筋でも痛めているのか、鈍痛が響いてくる。

結局だらしなく伸ばした三宗の足を一瞥《いちべつ》して、香ノ木が小さく肯《うなず》いた。それだけで、おお動いた、と思わず声をあげてしまいそうになる。そもそもここまで歩いてきたのだから動くことは知っていたのに。

しかし人間と話すロボットだってもう少し動いてみせるはずだ。省エネが過ぎる。

「ええ、そうですね。私の独断で香ノ木家の主治医には診せました。命に別状はないそうですが、完治には三週間――それまでどうぞ自由にお過ごしください」

「えっ」

思わず声が出た。

道に落ちていた人間を拾って手当てするまでだって大概のお人好しだが、しかもそれが完治するまで面倒を見るなんてちょっと考えられない。

現に、三宗が声をあげるのと同時に香ノ木の背後に控えていた男も目を瞠《みは》っていた。この屋敷で人を拾うことがよくあることじゃないっていう証拠だ。

「何か？」

しかし、当の香ノ木本人は相変わらずの鉄仮面だ。三宗が驚いたことにも動じていない。

「いや、自由にって……アンタ、俺がどこの何モンかも知らないのに」

「日高三宗さんでは？」

「いや、そんなモン偽名かもしんねェだろ！」

「偽名なんですか？」

問い返されて、思わず言葉に詰まった。

偽名じゃない。しかし、名前を知っているだけで人を信用なんてできるものじゃない。

三宗は何の感情の読み取れない香ノ木の視線から顔を伏せて、肌ざわりのいいシーツを握った。

「……名前ひとつで、人を信用なんてできるかよ」

絞り出した声は、まるで独白のように低い唸り声になった。

名前どころか、何年間も同じ場所に寝泊まりしていた仲間だって簡単に裏切ってしまうことがあるのに。

「他に行くところがあるなら、無理に滞在させる気もありません」

「ッ、ねェよ！　悪かったな」

「まぁ、他に行く宛《あて》のある方は病院には行きたくないなどと仰らないでしょうから」

ぐっと喉を鳴らして、三宗はたじろいだ。

確かにその通りだ。

偽名を名乗らなかったことも行くあてのないことも、とっくに見透かされていたようで何だか気分が悪い。

とはいえ、カタギに迷惑をかけるなというのも三宗が最初に教えられたやくざ者の掟《おきて》でもある。

「――……っだから、俺みたいなの置いといたら迷惑かけるかもしんねェだろうっつってんだよ！」

「あなたのような、とは？」

「俺みたいなやくざ者――……っ」

慌てて、両手で口を塞《ふさ》いだ。

別に誰に言わされたわけでもないものを手で塞いでみたところで仕方がない。

三宗は背中にじわりと汗が滲むのを感じながら、さまよわせた視線をちらりと香ノ木に向けてみた。

わかっていたことだけれど、その表情からは何も読み取れない。

「……いや、だから」

「や、やくざなんですね」

ごまかそうとしたことも見透かされた。

ぐっと喉を鳴らした三宗に、香ノ木が短く息を吐いた。その表情に思わず目を瞬かせた時にはもう、能面に戻っていた。

一瞬笑ったように見えたけれど、気のせいだったかもしれない。

「迷惑をかけるつもりの方は迷惑をかけるかもしれないなんて言いません」

「っいや、だから！　かけるつもりなくても迷惑かかるかもしんねェだろ。このご時世、暴力団と関《かか》わるなってのが世の中の流れなんだから」

暴力団排除条例だかなんだか、とにかくそのせいで三宗はローンも組めないし当然銭湯にも行けないし、やくざ者だとバレたら店を追い出しても契約を不履行されても何してもいいっていう世の中だ。まるでやくざ者は人間と思うなっていう扱いのせいで足抜けしていった若いのだっているくらいだ。

まして、香ノ木はこの豪華な家に住んでるくらいなんだし、行き倒れてる人間をジゼンジギョウで面倒見るくらい、金には困ってないような人種なんだろう。

そういう人間がやくざと関わってるなんて知られようものなら、面倒になるに決まっている。

週刊誌にはしょっちゅう著名人がやくざと会っていただのなんだのと取り上げられている。コッチからしてみればそれがどうしたって話だけれど、世の中はそれが大騒ぎになるようになってるんだろう。

バレてしまったのだから――というか自分でバラしたわけだが――ここにいる理由はない。

「……まあ、そういうワケだ。面倒かけたな。……ッ、！」

ベッドを立ち上がってさっさと退散しようと、した矢先。体を支えるためについた腕に激痛が走って三宗は思わず顔を歪《ゆが》めた。

香ノ木の背後に控えた男が反射的にぴくりと腕を動かした以外、三宗に一番近いところにいる香ノ木は顔色ひとつ変えない。これがやくざ者だったら大した胆力だと褒めてやりたいところだけれど、今はそれどころじゃない。

痛みを堪《こら》えて、手を庇《かば》いながらベッドを降りようとすると――今度は、妙にすべすべとした光沢のあるパジャマが視界に入ってきてぎょっとした。

たぶん、想像でしかないが、シルクのパジャマってやつだ。

着ている気がしないくらい軽いのに暖かく、とにかくこれも手触りがいい。

マジの金持ちか、という気持ちと自分がこんなファンシーなものを着させられているという事実にたじろぐし――何よりも、これを着替えさせられたのだから背中の刺青《いれずみ》だって見られているはずだ。

それを今初めて知りましたみたいな顔で「やくざなんですね」だなんて、香ノ木という男はとんだ喰《く》わせ者だ。

「行く宛がないのでは？」

「なくてもテメェには関係ねェだろ」

シルク――だと思う――のパジャマのボタンを外して、ベッドの周囲を見回す。見たところ、このいい香りのたちこめた部屋のどこにも三宗愛用のくたびれたスポーツジャージは見当たらない。

服はどこだ、と香ノ木の背後に控えた男に尋ねようと口を開きかけた時、ふと香ノ木の強い視線を感じて反射的に顔を仰いだ。

そこには、相変わらず能面のような顔があるだけだ。それなのに一瞬、刺すような視線を感じた。殺意にも似た。

「関係ありませんか？　道端で行き倒れていたのは何故です？」

「関係ねェ。ぶっ倒れてた理由もな」

理由を話せば、それさえも迷惑になる。

そんなことカタギの人間にはわからないかもしれないし、わからなくていい。

何だやくざ者はやはり恩知らずだなと眉を顰《ひそ》められても、迷惑をかけるよりマシだ。

「私が通りかかった時、道を立ち去っていった男性が五名ほど」

「関係ねェっつってんだろ。カタギが首突っ込むんじゃねェ」

下腹に力を込めてドスを利かせた声で凄《すご》んだ。

大抵のカタギならそれで怯《ひる》むし、香ノ木のような優男ならそれで口を噤《つぐ》むかもしれない——と、期待したのだが。

顔を顰めるようにして睨《ね》めあげた視線の先で、香ノ木が笑った。

「はは」

薄い唇を開いて、整然と並んだ白い歯を覗かせて。

ガラス玉でも埋め込んであるだけかと思った双眸《そうぼう》を細めて、香ノ木は短く声を上げて笑った。

「――……」

言葉を失ったのは、三宗のほうだ。

後ろに控えた男も狼狽《ろうばい》を隠せないというように目を丸く瞠っている。

「では、詮索《せんさく》は止《や》めておきましょう。代わりにビジネスの話をしませんか？」

「……ビジネス？」

香ノ木という男のことは知らないが、こういう切り出し方をするやくざのことなら知らないこともない。

取引をしようと言われていい目に遭ったことは今まであまりない。それはひとえに三宗が頭脳派と言われるやくざ者と相性が悪いせいだ。

何だか嫌な予感がして思わず渋面を浮かべると、香ノ木が片眉を少しだけ持ち上げた。

急に人間らしい表情を見せられると、胸をよぎった嫌な予感が中和されるような気になってしまう。

今までの冷たい表情が普通に近くなったというだけで、嫌な予感そのものがチャラになっているわけではないのに。

「私はあなたを屋敷に連れ帰り、相応の処置をしました。慈善事業のようなものだと申し上げましたが、名士の善行もまったく見返りを求めていないということはありません。社会貢献は自身の名声を上げるためですし、困っている方々を手助けするのは彼らがいずれ自分を支援してくれるかもしれないからです」

そりゃそうかもしれないが、そんなことをはっきり言ってしまうのか。

後ろ暗い政治家だってさすがにそこまで明言はしない。言葉にはしないことで後々「そんなことは言ってない」と言い逃れるためだ。

賢《さか》しい男かと思っていたが、そうでもないのか？

あるいは、三宗の身ぐるみを剝いでいるのだから録音される心配もないという自信からだろうか。

なんとなく後者のような気もするが、それはつまり、三宗を甘く見ているということだ。

薄暗い路地裏でボロ雑巾《ぞうきん》のようにくたばっていたのだから、舐められても仕方がないような気もするが。

「つまり、俺に見返りを寄越《よこ》せと」

「その通りです」

にこりとも笑わず、香ノ木が肯いた。

話の筋は通っている。それに、無償で人助けなんて言われるよりもずっといい。

嫌な予感は杞憂《きゆう》だったかと密《ひそ》かに安堵《あんど》の息を吐きながら、三宗はあくまでも嫌々という風を装って首の後ろを掻《か》いた。

「どうやって？　見た通り、俺は金なんて持ってねェぞ。やくざだからアンタの名声の足しにもなんねェ。用心棒でもやれって？」

ま、おおかたそういうところだろう。

喧嘩なら慣れている。

あいつらにぶちのめされたのは分が悪かった、それだけだ。事情を知らない香ノ木からしてみたらそうは思えないかもしれないが、捨て駒《ごま》程度に使う気でも別に構わない。

どうせ、帰る組はないのだ。

「用心棒だなんて、そんな物騒なものは必要ありません。必要な時はＳＰを雇っております」

ＳＰだなんて、マジで海外セレブの世界だ。

正気かよという気持ちを隠しもせず三宗は顔を顰めて香ノ木を仰いだ。

「じゃあ何を――」

「執事をやっていただけませんか？」

ぽかんと開いた口から「は？」と声が漏れたような気がする。あるいはそれは、香ノ木の後ろで話を聞いていた男の声だったかもしれない。

「………シツジ？」

「はい。私の執事をお願いします」

なんでもないことのような声音で繰り返して、香ノ木はにこりと作り物めいた笑顔を浮かべた。

「カフスリンクスはどちらになさいますか？」

整髪料で短い髪を小綺麗にまとめた男に尋ねられて、三宗はそちらをぎこちなく振り向いた。

今まで見たこともない、ワイシャツとは違う小さい立ち襟――ウィングカラーというらしい――のシャツは首周りをやたらと窮屈に感じさせる。三宗のために誂《あつら》えられたものなのだから窮屈なはずはないのだが。

「かふ……？　ンだ、それ」

大きく息を吸い込み胸を膨らませると、燕尾《えんび》ジャケットの中に着たウエストコートがこれもまた窮屈だ。

――あの後、三宗の怪我《けが》が完治するまでの一ヶ月の間にこの制服を仕立てたのだそうだ。

確かに「執事」を頼まれはしたし、助けられた恩義を労働力で返すのは三宗も望んでいたことではある。とはいえ、採寸までされてこんな立派な制服を用意されるとは思っていなかった。せいぜい世話になった一ヶ月やそれくらい働いて適当に立ち去るつもりだったのに。

「カフスリンクスは、カフス……シャツの袖口を留《と》めるボタンのようなものです。私が選んでよろしいですか？」

「あぁ、……うん」

まるで宝石でもしまわれているような戸棚の中に、これも高級そうな台座がある。

その中のどれがいいなんて尋ねられたって、正直、どれも嫌だ。

一個いくらくらいするのかも想像がつかない。

「ああ、思った通り。似合うな」

鏡の中の三宗を窺って肯いた香ノ木は、相変わらずのシンプルなスーツ姿だ。

三宗はジャケットの後ろがやたらと長い燕尾服や妙にテカテカと光るウエストコート、首周りを更に窮屈にさせるタイと、驚くほど豪華過ぎる服を着せられているというのに。

とはいえただのスーツといっても見るからに高級なものなんだろうと感じさせるくらいシルエットはきれいだし、すらりと長身の香ノ木にはそれが似合う。

もう何十年も脱色し続けていた白金色の髪を黒く染められて後ろに撫《な》で付けられた三宗に、この燕尾が似合うかといえばまったく似合わない。

身長が低いとコンプレックスに思ったことはなかったが、香ノ木が隣に立つと急に自分が小さく見えてくるからそれも気に喰わない。

「はァ？」

嫌味かよと顔を顰めて声を上げると、反対隣から視線を感じた。

オーロラ色に光るカフスリンクスを持った里井《さとい》という名前のフットマンだ。

この屋敷に使用人は何人もいるらしく、三宗が目を覚ました時に室内にいた男は加納《かのう》といって別の男だ。黒いワンピースに白いエプロンを付けたメイドはもっといるらしく、怪我が完治した今も三宗はまだこれが現代の日本にある金持ちの生活ということはいまいち信じられずにいた。

　三宗が執事になるにあたって里井と加納、二人のフットマンからなんだかんだと世話を受ける機会が多いが――この燕尾もほとんど里井に着せてもらったようなものだ――どうも、彼らからはあまり快く思われていないらしい。

　まあ、そりゃそうだろう。

　どこの馬の骨ともわからないやくざ者をいきなり雇おうとする香ノ木の頭がおかしい。

「アンタ、本気で言ってんの」

「私が嘘《うそ》をつく理由がないだろう。……それから三宗、言葉遣いには気をつけなさい。私は主人で、お前は執事なのだから」

　里井に促されて腕を差し出しながら、三宗は首を竦《すく》めた。

　香ノ木に雇われた以上、それも仕方がないことだ。香ノ木も昨日までの客としての扱いから一転、三宗に丁寧語を使わなくなった。

　里井が険しい顔をしているのは三宗の態度や言葉遣いのせいもあるんだろう。

「里井や加納はお前よりも立場が下になる。しかし、屋敷のことを教わるようになるだろうから、礼節を持って」

「は？　俺のほうが偉いの？　……ですか？　……で、ござい、ますか？」

　敬語なんてまともに使ったことがないからわからない。

三宗の袖口に金具を付けながら里井が小さくため息を吐《つ》いたのがわかった。ため息を吐きたいのはこっちも同じだ。

「執事は主人の次に屋敷内での権限がある。その分、もちろん責任も。常に私に帯同してもらうことになるし、屋敷内の管理も頼むことになる。メイドやフットマンのような雑務はしないが、彼らを統括するのは三宗だ」

要するに、若頭や執行本部長——といったところか。

規模の小さい菖蒲会でもたいした役職に就けなかった三宗がそんな立場に抜擢《ばってき》されたと知ったら、天国にいる組長は大笑いするかもしれない。

「……荷が重い？」

「重い」

鏡に映った三宗の渋い顔を見た香ノ木に尋ねられて、一も二もなく即答した。

と、香ノ木が大きな手を自分の口元にあてがって顔を僅《わず》かに伏せた。笑っているのかもしれない。

なんだか金をかけた壮大なからかいのように思えてきた。香ノ木は基本的に能面みたいな顔をしているから、人生が大して面白《おもしろ》くもなく、道端で拾った三宗というおもちゃで遊んでいるだけなんじゃないだろうか。

まあそれならそれで、気が楽になる。進んで道化になろうとは思わないが。

「じゃあ、後のことは里井や加納に聞くように。私は部屋で仕事をしているから」

次に顔を上げた香ノ木は既に見慣れた能面顔に戻っていて、冷たく言い捨てると踵を返した。

どうやらこの部屋は執事の部屋――つまり三宗の仕事部屋で、香ノ木の仕事をする部屋は別にあるらしい。

なにしろ怪我が治ったのがつい二日前のことだ。自分が今いるという屋敷の広さも、どこに何があるのかもわからない。

部屋を出て行く香ノ木に、隣の里井が頭を下げる。

三宗も慌てて、それを真似した。

重厚な木製の扉が、音もなく閉まる。

香ノ木の背中が見えなくなってからようやく頭を上げた里井が小さく息を吐いて、白いシャツの首元に手をかけた。

どんな仕事でも、やっぱり上の人間がいなくなるとほっと息を吐きたくなるものだ。三宗も組長の付き添いで本部に行った時なんかは息が詰まるような気持ちになったものだった。

なんだか里井に親近感を覚えて三宗が顔をあげると、盛大な舌打ちが聞こえた。

「あのさ」

目を瞬《また》かせて、里井の顔を窺う。

舌打ちをしたのは、里井で間違いないようだ。眉を顰め、まるで汚いものでも見るかのような視線を三宗に向けている。

喧嘩売られてんのかな、と思いたくなるような表情だ。

「普通、執事ってのはフットマンとして下積みをした人間がなるもんなの。あんた、なんか経験あるの？　あるわけないよな？　ヤクザだったんだもんな」

血がすっと冷えていくのを感じて、三宗は知らず拳を握りしめた。

この扱いには覚えがある。

カタギの人間が社会性のないやくざ者を見下しているのだ。やくざになる前からずっと、こんな扱いには慣れていた。

喧嘩の多かった中学時代も中退した高校でも、補導された警察でも三宗は「どうしようもないクズ」だったから。

やくざ者にだって勉強のできるやつはいるけれど、三宗は喧嘩しかできない。だから同じやくざ者にだってバカにされていたし、実際、執事なんてガラじゃない。

里井の態度は当然のことだし、言っていることも反論の余地がない。

ムカつくからってぶん殴って黙らせるのは簡単だ。だけど、これは殴っていい相手じゃない。それくらいはいくら頭の悪い三宗にだってわかる。ムカつくからってすぐに手を出していたらやくざだってやっていられないんだから。

「はぁ、そっスね」

それでも媚《こ》びへつらって笑うような真似だけはできなくて、三宗は片眉を跳ねあげて里井を睨めあげた。

里井の表情が引き攣《つ》って、ぐっと顎《あご》を引く。

このご時世、暴力団に所属している人間がカタギを睨《にら》みつけただけでも脅迫だなんだと訴え出られてもおかしくないんだそうだ。

三宗は大きく深呼吸すると、里井から視線を外した。

「……ったく、なんで助けてやった見返りが執事なんだか……葵様が何を考えてるのかわからない」

それはまったく同意だ。

庭いじりでも運転手でも用心棒でも使い走りでも、やれと言われればやる。普通は助けてやったお礼にそういう仕事をやらせるものじゃないのか。

それをなんだって、二番手にさせようなんて思うんだろう。

身なりの汚いやくざ者なんかに。

「ま、気まぐれかなんかじゃねェの」

金持ちなんて退屈してたりするもんだろう、というのはただの三宗の勝手な想像だ。

背後でひらひらと揺れるジャケットの尻尾《しっぽ》を振り返りながら適当に答えると、またため息が返ってきた。

「葵様に限って気まぐれなんてあるはずがないだろう」

「じゃあなんだよ？　気まぐれじゃないなら俺に執事の素質があるとかそういう話になんだろ」

「ヤクザに執事の素質なんてあるはずがないだろ」

「そんなん俺だってわかってんだよ！」

また短く舌打ちをされて、三宗は額を押さえた。

とにかく、自分が歓迎されていないことだけはよくわかった。されるとも思っていなかったけれど。

「……っつっても、テメェんトコのアタマが決めたことだ。面白くねェ気持ちはわかったから、仕事を教えてくれよ」

「ハッ、冗談だろ。暴力でも振るわれたらたまらない。この屋敷でうまくやっていこうなんて気もないくせに。金目の物を盗もうって魂胆なら——」

そこまで言った里井が息を呑《の》んで初めて、三宗は自分が摑《つか》みかかる寸前だったことに気付いた。

伸ばしかけた手を慌てて引き戻し、ジャケットの襟を正す。

「……受けた恩は返す。だから、盗みなんてセコいマネしねェよ」

大きく息を吐き出して、つぶやくように言うと三宗は踵を返した。

やくざ者を見たら、そりゃカタギの人間は犯罪者だと思うだろう。それは否定できない。でも、ここで問題を起こす気なんてかけらもない。里井に信じてもらうことはできないかもしれないが。

「服、サンキューな。次からは自分で着るから」

里井に背を向けてひらりと手を振ると、三宗は努めて明るい声でそう告げて部屋を出た。

本当は執事がどんな仕事をするのかとかこの屋敷のこととか香ノ木のこととか、聞きたいことは山ほどあった。

でもあの様子じゃ教える気はなさそうだ。

屋敷は自分の足で見て回ればいいだろう。

「……っし」

小さい声で気合い入れをして気分を変えると、三宗はやたらと長い廊下をあてもなく歩き出した。


香ノ木家ってのがなんなのかはわからない。

初めて名乗られた時からなんとなく聞き覚えがあるような気がしているけれど、まあ変わった名字だからだろう程度に思っていた。

といっても、この現代日本でメイドだの執事だのがいるような金持ちってのは、まあ普通じゃない。

もしかしたら現代日本じゃないのかもな、なんて密かに一人で冗談を吐いたりもしたものの、実際玄関を出たら見覚えのある現代日本だった。そりゃそうだ。

そりゃそうなんだが、まず「玄関を出たら」なんて気軽な話じゃない。

玄関ってなんだっけと聞きたくなるような立派なフロアに辿《たど》り着くまでに、一体何メートル歩かされるんだという長い廊下、数えきれないほどの部屋。

家の中で迷子になるなんてことが現実にありえるのかと頭を抱えたくなって、運良く仕事中のメイドに遭遇を果たすもぎこちない表情で逃げ出され。

やっとの思いで一階のフロア――床はたぶんこれ、大理石ってやつだ――に辿り着いてバカでかい観音開きの扉を開くと、小学校の校庭か？　というほどの、庭。

そのはるか向こうに立派な鉄の門があって、その先は、確かに、三宗の知るような現代日本の風景が広がっていた。

見覚えのあるビルに見覚えのある看板、利用したこともあるタクシーや、町ゆく人々。

そういえばここは赤坂だと、いつか誰かが言っていたような気がする。

たしかにこの景色は赤坂かも知れない。そう言われればそんな気がする。三宗が最後に追い込まれたのは六本木《ろっぽんぎ》の繁華街の路地裏だから、距離も遠くない。

しかし、赤坂にこんな広い土地を持ってるのなんてやんごとない一家くらいしか、三宗は知らない。

「――――……」

見覚えのある風景を見たばっかりに、かえって自分の今置かれている状況の異質さに愕然《がくぜん》としてしまう。

イギリス風の庭園、芝生の間に石畳で作られた小道、外界と屋敷を隔てる塀と門にむかってふらりと歩き出して、おもむろに建物を振り返る。

そこには立派な洋館がそびえ立っていた。

「そりゃあ……廊下も、長いわけだ」

家の大きさなんてものはよくわからない。さすがに東京ドームいくつ分というほどのことはないけれど、少なくとも菖蒲会の組長の家の四倍ほどはありそうだ。

おまけに白茶けた石造りの外壁や装飾のついた窓枠、三角の屋根などどこをどう見ても絵本に出てくるお城の様相だ。

パシャッと微《かす》かなシャッター音が聞こえた気がして背後を振り返ると、通りすがりのカタギがスマホを向けて屋敷を仰いでいた。

わかる。

こんなお城みたいな建物が民家だとは思わないだろう。一般公開してもおかしくないレベルだ。ましてや――

「わ、やばい！　マジ執事じゃない？」

興奮しきった声が風に乗って聞こえてくる。

このお城めいた建物の前に燕尾を着た男が立っていたらそう言いたくもなるだろう。この距離では三宗の唖然《あぜん》とした表情までは見えていないだろうし。

立て続けに二度シャッター音が聞こえると、三宗はぎこちなく頭を下げて――さっきの里井の礼をできる限り真似してみた――慌てて屋敷の扉の中に逃げ込んだ。

「あっ……」

飛び込んだ屋敷の中で大きな扉を背にしてほっと安堵の息を吐くと、掃除機を持ったメイドが通りかかって小さな声をあげた。

　吹き抜けの玄関――いやロビーといったほうが的確な気がする。まるで一流ホテルのエントランスだ。天井からはシャンデリアも吊《つ》るされている――は静かで、小さな声でもやけに響いてしまうようだ。

「……っス」

　みっともなく逃げてきたところを見られた気まずさで三宗が小さく会釈をすると、それだけでメイドの肩が震えた。

　やくざ者だという噂《うわさ》だけが先行しているのかもしれない。そんなに強面ではない、はずだ。たぶん。他の組員よりは。いやそれだと比較対象が悪いか。

　明らかに眉を顰めて顔を反らしてしまったメイドに声をかけようかどうしようか逡巡《しゅんじゅん》していると、もう一人、奥から足音が近付いてきた。

「えっと、次は応接室……、っ！」

　奥から追ってきた年増のメイドも、三宗の姿を見るなり声を詰まらせて硬直してしまった。

「あの、別に俺怪物とかじゃないんで。……つーかなんか知らねェけど、これから一緒に働くんだよな？　その、一応自己紹か――」

「行きましょう」

　できる限り猫撫で声を発したつもりだった。

しかし、三宗が言い終えるよりも早く年増のメイドがキツく眉を吊り上げて、もう一人のメイドの腕を摑んだ。

「っ、ちょ……待てって！　あのさ、わかった。自己紹介とかイイから、執事室ってのと、香ノ木の部屋を」

「私どもはあなたのような方を執事と認めてはおりませんから！」

ヒステリックな女の声だ。

吹き抜けに響き渡って、三宗に鈍く降りかかってくる。

これを睨みつけでもしたらますます状況は悪くなるんだろう。反射的に拳を握りしめようとすると窮屈な燕尾服がそれを諫《いさ》めてくれるようで、まるでこの制服がエレガントな拘束具のように感じられた。

「ああ、……そうかよ」

低くつぶやくと、メイドは手を取り合って足早にロビーを出ていった。

途中、若いほうのメイドが三宗を気にするように振り返ったけれど、それだけだ。

この屋敷の人間にはいちいち歓迎されていないらしい。

業界のことを何も知らないお坊ちゃんがある日突然若頭だと言われるようなものか、と状況を置き換えてみても、笑う気にもなれない。

やくざの世界はこんな遠巻きに厭味《いやみ》ったらしいことはしない。そうするヤツもいるけど、そういう相手には、三宗は殴りかかってきた。

「……いや、だからこんなことになってんのか」

ぽつりとそう漏らすと、少しだけ噛えたような気がした。


「はぁ～……」

屋敷の中をさまよい歩くこと、二時間と少し。ようやくスタート地点とも言える執事部屋に辿り着いて、三宗は木の椅子《いす》に身を預けた。

ただでさえも怪我が治ったばかりで体力が低下しているというのに、まるで回廊のような作りの屋敷の中を一人で歩き回るのはつらい。

目についた扉を片っ端から開いていけばいつかは辿り着けるだろうと思っていたけれど、ここにもとからいる面々にあそこまであからさまに迷惑そうにされたら、扉を開くのにも気が引ける。

実際、迷子中に何人かのメイドに遭遇しては不審者でも見るような目で見られたし。

執事の部屋は一階だと思っていたものの、中二階があったり中庭に出てしまったりと迷いまくったおかげで、まあこの屋敷の大体の間取りはわかった。どの部屋が何に使う部屋なのかなんてことはさっぱりわからないが。

メイドだのフットマンだのが全員この屋敷で寝泊まりしているのだとしても、部屋数が多すぎるだろうという気がする。構成員三十人余りの菖蒲会の会合ができそうな広さがある部屋が五つくらいあった。

無駄に広い廊下には何かにつけて高級そうな壺《つぼ》が置かれていたりして、ただ歩いているだけでも気を遣う。それも疲れの原因だ。

「もうこっから出たくねェ……」

香ノ木は執事に屋敷の管理や使用人の統括をさせたがっているようだけれど、どう考えたって香ノ木以外の人間はそれを望んでいない。三宗も、メイドや里井たちもだ。

特にメイドたちの嫌悪感を隠しもしない視線がじわじわと胸を蝕《むしば》んでいる。

女子供には何があったって手を上げることはできない。今のところ無視されたりする程度で済んでいるけれど、今後積極的に関わっていこうとして攻撃的な言葉をぶつけられたらと思うと――ただの想像にすぎないのに、気が重くなる。絶対にそうならないとは思えないし、むしろ十中八九そうなるに決まってる。

必要とされてないことも堪《こた》えるし、それなのに何かしなければいけないと感じるのもつらい。

香ノ木が好きで従属したいと思えればまだ、他人のことなんて気にならないかもしれない。だけど、別にあんな鉄仮面みたいな男を好きだとも思えない。

助けてもらった恩があるからここにいるだけで、おもちゃにされるのは本意じゃない。

「はぁ……」

やたらと体に馴染む柔らかな木の椅子にズルズルと体を凭《もた》れさせて何度目かのため息を吐くと、三宗はシャツの首周りに指をかけた。

喧嘩しやすいからという理由でジャージばかり着ていたこの間までに比べると、この服は本当に窮屈だ。目の前の机に突っ伏すようには作られてない。

この屋敷にきてから、テレビも新聞も見ていない。

怪我を療養するために使わせてもらっていた部屋——やたらと豪勢だったが、が客間らしい——にテレビはなかったし、新聞はこの屋敷には届けられているんだろうけど三宗は見かけていない。

菖蒲会がその後どうなったのかを知る術《すべ》は今の三宗にはない。

知らないほうがいいこともある、と今は亡き組長なら言うだろう。

三宗自身、知るのが怖くて積極的に新聞を探そうともしてない。

まあ、あの小さい組織の問題が新聞に載ったとして、たいした大きさではないだろうし一ヶ月も過ぎてしまった今となっては世間からは忘れ去られているかもしれない。

二十歳《はたち》になる前からその業界にいたからそこで起こったことは何でも耳に入ってきていたけど、離れてしまうとこんなものなのか。

三宗は賑《にぎ》やかな都会の風景から隔離されたようなこの屋敷の庭を思い出して、目を瞑《つぶ》った。

そのまま、もしかしたら少し微睡《まどろ》んでいたのかもしれない。

扉のノックで起こされた時、窓の外は赤く染まりかけていた。

「三宗」

鈴を鳴らすような涼やかな声。

まるでペットを呼ぶかのような気安さに、少しばかり気を重くしながら三宗は椅子を立ち上がった。

この屋敷で三宗のことを呼ぶのなんて香ノ木ただ一人だ。だけど、それも別に喜ばしいことじゃない。

「ハイハイ」

燕尾服の尻尾についてしまった皺を気にしながら扉に向かうと、もう一度ノックが重ねられて、仕方なく返事をする。

もう二度と出たくないと望んだ扉を開くと、朝とは違うスーツを着けた香ノ木が立っていた。

「なんだ、ここにいたのか」

「あぁ、まぁ」

疲れ切った声で答えてから、はっとして口を噤んだ。

敬語がとっさに出てこない。菖蒲会でも目上の人には使っていたのだから、丁寧語くらいなら使えるのに。

気を取り直して背筋を伸ばすと、それがどうかしたかとでも言うように香ノ木が瞬きをした。それくらいしか表情の変化はない。

「仕事は教わったか？　次は私の仕事について話したいから、私の部屋へ来るように。それから――」

まだ教わってない、と正直に言おうとして口を開いたものの、躊躇《ちゅうちょ》して三宗が口を閉じると香ノ木がそれに気付いた。

　里井やメイドたちにも認められていないから仕事の教わりようがないだなんて言えば、まるで自分がいじめられているかのようだ。別にそれで卑屈な気持ちになったりはしないが、主人に告げ口するっていうのは三宗の趣味じゃない。

　そもそも、メイドたちの態度は当然の反応なんだから。

「あー……やっぱ俺、執事とか無理なんじゃないスかね」

　首の後ろを掻いて、視線を伏せる。

　まあ実際、面倒くさいと思っていることだって本音だ。嘘をついてるわけじゃない。

「何？」

「いや、だってどう考えてもおかしいでしょ。やくざ者が執事とか。そんな仕事できるわけねェし、バレたら世間的に損すんのはアンタだし」

「今この屋敷には執事が不在なんだ。前任者と同じだけの仕事を求めるつもりはない。多少でも手助けしてくれたら嬉《うれ》しい。損するかどうかは私の問題だ。それとも、三宗が執事をするのは嫌だということ？」

「嫌、っていうか……」

　まあ、進んでやりたいとは思わないが、嫌だと積極的に思う理由もない。

用心棒として暴れられればそれが適所だとは思うけれど、若頭のような役割に就けてちょっと誇らしい気持ちになったのも本当だ。

「だったらさ、せめて加納とか里井とか、どっちかを執事にして俺をそのフットマン？　にすりゃいいんじゃねェの？　普通はそうなんだろ？」

「言葉遣い」

香ノ木にピシャリと指摘されて、三宗は喉を鳴らした。

執事は香ノ木の仕事――何してるのかも知らないが――にもついて行くと言っていたけれど、こんなろくに敬語も使えないのをつれて行くわけにもいかないだろうし、とにかく、向いてない。

そういう気持ちをこめて口を塞いだ三宗がそろりと香ノ木の顔を仰ぐと、ロボットか人形のような無機質な顔が、小さくため息を吐いた。

「里井が何か？」

「はっ⁉　いや、いやいやいやいや、違う違う、里井だけがどうとかじゃなくて」

「里井だけではない？」

「！」

墓穴だ。

慌ててそっぽを向いてごまかす言葉を探そうにも、嘘をつくのも性分ではないし機転が利かなくて、何も思いつかない。

「――……いや、もし、もしね？　俺がなんか言われたんだとしても当然だ、……ですよ。どこの誰かも知らないいやくざがいきなり自分たちの管理をする、だから仕事を教えろなんて突然言われたって、そもそもやくざなんてロクな人間じゃないんだし、俺は頭も悪いしさ。関わり合いたくねェって、普通。殴られたりするかもしんねェじゃん？」

「殴るのは良くないな」

「いや殴んねェ、……ですけど！　でもさ、やくざっつったらすぐ暴力に訴えるってイメージだろ？　なんか細かいこともできなさそうだし、俺は実際できねェし、つーかさ、とにかく年功序列ってもんがあんじゃん。それをすっ飛ばしたら里井たちが面白くねェのはあたり前なんだよ。わかんだろ？　俺がどうこうとかじゃねェの。あいつらが今までやってきたことを認めるべきじゃねェ、……ないでしょう、か？」

知らず香ノ木に詰め寄るように熱弁していたことに気付いてハッと我に返ると、三宗はひとつ下手くそな咳払《せきばら》いをして、香ノ木から一歩引いた。

香ノ木は、相変わらず息をしているのかどうかさえ怪しいくらい微動だにしない。三宗がそのスーツの胸に人差し指を押し付けても、それを慌てて引っ込めても。

「……なんか言え、……ってください、よ」

押し黙っていると目つきは鋭いし、唇も真一文字でひどく冷たい表情なだけに機嫌でも損ねたかという気になってくる。もっとも、香ノ木の機嫌を取る必要はないのだが。

それに放っておけば瞬きさえもしていないように見えるから生きているのかどうかもその都度確認したくなるような顔立ちをしている。本当によくできた西洋人形のようだ。

「私は向いていると思うよ」

「……は？」

やがて小さく肯いたかと思うと、香ノ木はゆっくりと腕を組んで、三宗の顔をじっと見つめた。

思わず気圧《けお》されるくらいまっすぐで、澄んだ目だ。

裕福で満たされた育ちのいい人間はみんな、苦労を知らなくて純粋そのものを詰め込んだような目をしてるんだろうなんて偏見で想像していたその通りの、潔癖すぎるくらい澄んだ目。

思わず三宗のほうから顔を逸《そ》らすと、視界の端で香ノ木が首を傾《かし》げたのがわかった。

「三宗は執事に向いてると思う。今、そう思った」

「今かよ！　……ですかよ」

「ですかよ？」

違う？　と三宗が首を傾げると、香ノ木が目を一度瞬かせた後、口元に手をあてふと短く息を吐いた。いや、たぶん笑ったんだろう。

切れ長の眦《まなじり》から険がなくなって、肉の薄そうな頬《ほお》がふにゃりと膨らむ。唇の両端が上がって弧を描くと、その口元を隠してしまう手が邪魔だと感じた。

「里井や加納が仕事を教えないのなら、私が教えよう。言葉遣いも」

「え？　あ、……うん」

双眸を細めた香ノ木の視線は柔らかくて、その目で見られると何だかむず痒《がゆ》いような気がした。無表情とのギャップがありすぎる。

いつもがモノクロで描かれたイケメンロボットなら、香ノ木が笑った瞬間あたり一面花畑かって思うくらい色があふれ出してきて、赤とか黄色とかオレンジとか、景色が鮮やかになるようだ。

「うん、じゃなくて『はい』」

「っ、はい。ありがとう、……ございます」

おそるおそる窺いながら三宗が唇を尖《とが》らせると、香ノ木は満足そうに肯いた。

「……ずっと笑ってりゃいいのに」

「え？」

そう聞き返された時には、もう既にいつもの能面のような表情で。

三宗も自分で何を言ってるのかよくわからなくて首をひねることしかできなかった。

香ノ木だって仕事で人と接する時はやっぱりこうして笑ったりもするんだろうし。いつもにこにこ笑ってる人間のほうが信用できないと考えることだってできるのに。

「じゃあ、まずは食器室から。すぐ隣だ」

そう言って踵を返した香ノ木の冷たい背中を仰ぎながら、三宗はそれでも香ノ木がもっと自分に笑ってくれたらいいのに、と感じていた。

「葵様！」

執事室と壁一枚で隔てられている食器室に入ると、加納が身を反らすように背筋を伸ばして素《す》っ頓《とん》狂《きょう》な声をあげた。

不意をつかれたって感じなんだろう。

そういうことあるよなと勝手に親近感を覚えながら加納のほうをちらりと見ると、またもや顰め面を向けられた。

「どのようなご用件でしょうか、食器室にいらっしゃるだなんて……」

加納の様子を見るだに、どうやら普段は香ノ木はこの部屋には姿を見せないものらしい。

まあそもそも食器室ってなんだよという話だ。文字通り壁一面に食器が飾られている部屋だ。知識も見る目もない三宗にでもこれは高級品なんだろうとわかりやすいくらいに繊細そうな食器の数々が。

「なに、新しい執事に屋敷を案内しようと思ってね」

「そんなことでしたら、我々がいたします。葵様のお手を煩わせるようなことではありません」

もしかしたら、加納だったら本当に案内してくれるのかもしれない。里井には断られたものの、加納がどう思っているかまでは知らない。

「葵様はお仕事でお疲れでございましょう、ここは私どもにお任せを――」

「なんだ、アンタ疲れてたの？　……ですか？」

恐縮を絵に描いたように腰を低くする加納をじっと見下ろしていた香ノ木が、三宗の声に驚いたように顎先を震わせた。

加納も眉を顰めてこちらを振り向く。相変わらず敬語ができてないのだから、その目で見られるのは本当に、どうにも言い訳はできない。

三宗は咳払いをしてから、慎重に言葉を選んでこちらを向いた香ノ木に尋ねた。

「えーっと……葵様？　……は、あんまり表情がお変わりなく……変わらないから、疲れてんのかどうなのか、よくわかんなかった……です。なんか、悪いことした？　で、ございますか？」

香ノ木の方から部屋を訪ねてきて案内してやろうかと言い出されたものだから、つい甘えてしまった。疲れてんなら疲れてるって言やいいのにと言いたいのだけれど、敬語変換が難しくて言葉を探していると、香ノ木が視線を伏せた。

自分の頬を自分の手で触れて、首を傾げる。

「……疲れてるんだろうか」

「いや、知らねェ……ですよ。自分のことだろ？　俺が聞いてるん、……でございますよ。疲れてるのかって。疲れてるんなら別に俺は急いでねェし、主人に無理させんのは普通に違う……と、思います、し」

指先で軽く自分の頬を撫でた香ノ木が三宗の言葉に顔を上げると、逡巡の後、首を左右に振った。

「いや、まだ疲れてはない。三宗は私が案内しよう」

「いえっ、しかし……！」

香ノ木に三宗を案内されたら拙《まず》いことでもあるのか、あるいは単純に申し訳が立たないということなのか、加納は口を挟んだけれど、香ノ木が静かに掌で制するとそれきり口を噤んだ。

よく考えてみれば、組長自らが仕事を教えてくれるようなものだ。

この屋敷がやくざでいったらどの程度の規模になるのかはわからないが、菖蒲会の先代組長ならば考えられないことでもない。

そう考えると、香ノ木は悪い人間じゃなさそうだ。

三宗は急に気分が明るくなって、香ノ木の隣に並んだ。

飾られた食器だけで総額数億はくだらないという食器部屋の次は、来客があった時に使用する応接間、それから台所――ずっと加納はついてきて、香ノ木の解説を補足してくれた。

当然、実務に詳しいのは加納やその場にいるメイドたちのほうだ。

さっきまで三宗の執事姿に不満そうな顔を隠しもしなかったメイドたちも、香ノ木が一緒ならば態度を一変せざるを得ない。それは当然のことだし、そんなことで軽蔑《けいべつ》はしない。ただ少しばかり、虎《とら》の威を借る狐みたいな気分にはなったけれど。

「……こちらのワインセラーも現在は私どもが見ておりますが、今後は日高さんに管理していただきます」

最後に薄暗い地下に案内されたかと思うと、広い貯蔵庫いっぱいに用意されたワインを目の当たりにして三宗は息を呑んだ。

「すげェ……」

壁を彩る菱形《ひしがた》のワインラックには、いったい何本のワインボトルが収納されているのかわからない。数えるだけでも夜が明けてしまいそうだ。

ワインのことはさっぱりわからない三宗でも、これだけの酒類があるというのは単純にテンションが上がってしまう。

その昔——といっても先代が存命だった数年前までは、菖蒲会でも毎晩のように酒盛りしていた。そのことを思い出すとこのところの滅入《めい》るような気分が吹き飛んでいく。

「なあ、アンタ……あ、じゃなかった、えーと……葵、様？　酒はイケるクチなのか？」

香ノ木を振り返って声を弾ませた三宗に、加納が大きく咳払いをした。

「葵様は庶民の娯楽のようなお酒は嗜《たしな》まれません」

「ンだ、それ？　呑まねェのにこんなに集めてん、……で、ございますか？」

何故かむっとしたような加納を一度振り向いてからもう一度香ノ木に尋ねると、顔の角度も表情も固められてるんじゃないかと疑いたくなるような香ノ木が、一瞬驚いたように顎先を震わせた。

ともすれば生きてるのかどうか怪しいくらい微動だにしない香ノ木に、積極的に話しかけることによって多少なりとも反応を得られるのが少し面白くなってきた。

「ディナーの時の食前酒、それから就寝前に召し上がる用です」

「それ以外は呑まねェの？　こんなにあんのに」

「お客様を招いたパーティーを催した際には秘蔵のワインをお出しすることもあります」

「パーティー！　いいな！」

パーティーと聞いてやっとこの屋敷に馴染めるような気がしてきた。

急に三宗が大きな声を張り上げたのが気に障ったのか、加納が表情を翳《かげ》らせながら耳を片手で覆った。うるさい、と言いたいんだろう。菖蒲会でもうるさいと叱《しか》られたことがなかったわけではない。

「……念のため申し上げておきますが、我々使用人はパーティーの給仕やお客様のアテンドで忙しく、飲食できるのはすべてが終わった後です。そもそも来賓の方々や葵様と同じものを口にすることなど、我々には許されておりませんので」

「マジか！」

ガンと頭を殴られた気持ちになって思わず香ノ木を振り返ると、僅かに目を瞠った香ノ木が薄い唇を開いた。

「――……」

しかし言葉が発せられるよりも前に、加納の大きなため息がそれを遮った。

「もっとも、その言葉遣いを直されなければアテンドはおろか、給仕さえ――」

「なに？」

三宗はわざと声を張り上げて、香ノ木に体ごと振り返った。背を向けられた加納が口を噤み、一度は口を開いたもののまた閉ざしてしまった香ノ木も目を瞬かせた。

「いや、今なんか言おうとしただろ。なんだよ」

「日高さん、執事が葵様にそのような――」

加納が見るに見かねてというように三宗の肩を摑むと、乱暴に引き寄せようとした。香ノ木に向いた体を反転させようとしたのかもしれない。

確かに加納のほうがすらりとした長身だが、三宗がそのへんの優男の腕でどうにかなるはずがない。

加納の手は生まれてこの方一度も喧嘩をしたこともなさそうな薄っぺらいものだ。

びくともしない三宗にぎょっとした加納を尻目に、三宗は香ノ木の顔を覗き込むように窺った。

血が通っているのかいないのか、純粋な日本人なのかと尋ねたくなるような白い肌。どんなに目を凝らしても凹凸の見当たらない肌は滑らかで、頬がピクリと動くことさえなければやはりマネキンか何かかと納得してしまっていたかもしれない。

「ふ、」

薄い頬を震わせた香ノ木が、唇の隙間から短く息を吐き出した。

「ふ？」

思わず三宗が耳を澄ませた、次の瞬間。

「ふふ、……あはは っ」

香ノ木の快活な笑い声が、乾いたワインセラーに響いた。

「あ、っ葵様⁉」

動揺した様子で加納が三宗の隣に歩み出てきた。その顔を仰ぐと、本当に心の底から驚いたという表情で香ノ木の顔を見つめている。

確かに人形やロボットが突然こんな風に笑ったら度肝を抜かれるかもしれないけれど、香ノ木は人間なんだからそんなに驚くようなことでもない。

三宗も香ノ木がこんなにあけすけに笑うとは思わなかったし――何しろ笑うタイミングではなかったし――驚いたけれど、それ以上に加納の驚きっぷりに気圧されてしまった。

「そうだな。確かに今の三宗では執事見習いに過ぎないし、パーティーに出すことなどできない。しかし、ワインセラーの管理をする以上、味は知っていてもらう。三宗は、酒が好きなのか？」

「酒が嫌いなヤツとかいいん、……っいない、と思います、けど？」

傍らの加納から鋭い視線を感じて、三宗は視線をさまよわせながらなんとか言葉をひねり出した。

低い声で「主人の言葉を否定するな、質問で返すな」と釘《くぎ》を刺されたけれど、三宗は加納を一瞥するだけに留《とど》めた。別に香ノ木の発言を否定したつもりはない。

「私は、特に好きだと感じたことはないな」

「えっ」

香ノ木の言葉が終わらないうちに声を上げると、今度は加納に燕尾の裾《すそ》を引かれた。黙ってろという意味だろう。

しかし香ノ木は大して気にした様子もなく、三宗の顔を見ている。言葉を促すように。

「こんなに高そうなワインがあるのに、好きじゃないなんてもったい、……ない。です、よ。俺はこんな高ェワイン飲んだことないけど、たぶんウマいんだろう……と思い、ますし」

「そうか。ウマいんだろうな、きっと。今度三宗と一緒にテイスティングしたらわかるかもしれない」

隣で加納が息を呑んだのがわかった。

何に反応したのかわからずに加納を仰ごうとした時、香ノ木が踵を返した。

「さあ、これで屋敷の案内はおしまいだ。次は私の仕事の説明をしよう。おいで」

香ノ木が身を翻すと何か残り香のようなものが三宗の鼻を擽《くすぐ》って、思わず言われるがままについて行きそうになる。

もちろん、仕事の説明をすると言うんだからついていくのは当然なのだけれど「おいで」と言われて尻尾を振ってついていくなんてまるで犬みたいだ。

反射的にその背中に駆け寄ろうとする衝動をぐっと抑えて、代わりに三宗は口を開いた。

「……あのっ」

なぁ、と呼び止めそうになって一瞬遅れたせいで、香ノ木の後には加納が続いている。加納越しに見た香ノ木が、三宗の声に振り返った。

「なんでさっき笑っ、……たんですか」

なんかそんな面白いこと言ったっけ、という言葉を敬語に変換する技術はないから、つっけんどんな言い方になってしまったけれど。

そんなくだらないことを訊《き》くなと表情で牽制《けんせい》してくる加納の向こう側で、ふと香ノ木が双眸を細めた。笑うってほどでもないけれど、柔らかな顔だ。

不覚にもその表情に、なんだか気持ちがふわっとさせられる。つられて頬が緩みそうになった三宗に、香ノ木は答えた。

「三宗は私を人形扱いしないんだな、と思っただけのことだ」

*　　*　　*

「……マジ無理……」

時計の針はいつの間にか深夜十二時を指している。

香ノ木と囲んだ白木の机に突っ伏して三宗が呻《うめ》くように降参すると、

「マジ、無理」

香ノ木が向かい側で三宗の言葉を復唱した。

品行方正お上品を絵に書いてプラスチック樹脂で固めたような香ノ木が三宗の言葉を真似すると、ちょっと面白い。面白い光景見たさに突っ伏した机から三宗がちらりと顔を上げると、それを見透かしていたように香ノ木が覗き込んできた。

「『私には少々難しいようでございます』」

「わ、……私には少々難しいようでございます」

子供に言い聞かせるような香ノ木の声音を、今度は三宗が復唱する。

もうかれこれ四時間近く、三宗が何か言うたびに言葉遣いを修正され続けて頭の中が「ございます」でゲシュタルト崩壊を起こしかけている。

ただでさえも、この屋敷に運ばれてきて以来怪我人らしく規則正しい生活を強いられていたせいで既に睡魔が襲ってきているというのに。

「今日はここまでにしておこう。初日だからね。疲れただろう」

香ノ木がそう言ってくれても、もはや重いため息しか出てこない。疲れたという肯定の言葉すら、敬語でどう言えばいいかわからないのだから。ずっとこの屋敷にいたら無口になりそうだ。

「三宗」

ペットの犬でも呼ぶかのように気安い香ノ木の声にのろのろと顔を上げると、白くて長い指が伸びてきた。

「っ、」

驚いて反射的に顔を引いたものの、香ノ木の腕のリーチのほうが長い。これが拳だったらもっと真剣に避《さ》けていたんだと自分に言い訳をした時には既に、香ノ木の意外と大きな掌が三宗の黒染めしたばかりの髪に触れていた。

「なっ、何――……」

何しやがる、を敬語でなんと言えばいいかわからずに口ごもる。

香ノ木の掌は三宗が机に突っ伏した拍子に乱れたのだろう髪を後ろに撫で付けただけで、すぐに離れた。

「私はやはり三宗は執事に向いていると思う」

朝、怪我の完治を医者に診断されてから執事室に案内されて燕尾服に袖を通したのが十時。かれこれ十四時間前にも言われたことを改めて繰り返されて、三宗は香ノ木を訝《いぶか》しむように見返した。

三宗自身、自分の一日を振り返って、どこをどう切り取ってもとてもそうとは思えない。

「慣れないうちは黙って、ただ背筋を伸ばして私の後ろに立っているだけでいいよ。三宗は目がきれいだし姿勢を良くしていれば様になる」

「それは……見た目が向いている、ということ……でございますか？」

慎重に言葉を探しながら言い返すと、香ノ木が真顔で首をひねった。

図星かよ！　という突っ込みが舌の付け根まで出かかって、無理やり口を噤む。

結果的に喉を鳴らしてうつむこうとした三宗に、香ノ木がふっと息を吐いた。

「今日の仕事はおしまいだ、と言っただろう。ここには加納も里井もいない。メイドももう休んでいる。敬語じゃなくても誰も怒らない」

「……そういうモンか？」

別に仕事中だけ敬えばイイってもんじゃねぇだろうと思いつつも、肩の力が盛大に抜けるとポロッと言葉が漏れ出てくる。

「まあ、そういうものではないだろうね。でも、慣れるまでは。三宗だって急にこんなところで執事と言われて大変だろうし」

「いや、誰のせいだよ」

さっき撫で付けられたばかりの髪を掻き乱した三宗がギロリと睨みつけると、香ノ木は涼しい顔でそっぽを向いている。

こういう時の表情のない鉄仮面ぶりは憎たらしいくらいだ。なんだかそれももう、慣れてしまったような気がする。それは香ノ木があんな風に無邪気に笑ったりもするということを知っているからだろう。

「三宗も言っていた通り、本来ならフットマンである加納や里井のどちらかを執事にするべきだったんだろう。だけど彼らは、古いしきたりに縛られたままでいる」

「古いしきたり？」

「そう。使用人は主人と同じ物を口にしてはならないだとか、食事を共にしてはならないだとか。前時代的だと思わないか？　きっと彼らは私と三宗がこうして同じ机についていることも許しはしないだろうね」

「マジか」

三宗の世界で尊敬する相手といえば、組長しかいなかった。

頭は上がらないし同じくらい勉強はできなくても頭は回るし器は大きいし腕っぷしは強いし度胸はあるし、三宗にとっては神だった。

それでも同じテーブルで食事をしていいと言われていたし、組長の作る焼きそばをよくご馳走《ちそう》になったくらいだ。

とはいえ、それも組長がそうしていいと言ってくれていたからで、三宗が勝手にそうしようとしたら若頭たちに止められていたかもしれない。

「こんな時代なのだから、もう少しルーズでもいいいと思うけどね」

「え、じゃあアンタが許可すりゃいいんじゃねェの？　アンタがボスなんだから」

香ノ木が組長で、加納や里井たちが若頭なんだとすれば、菖蒲会の先代のように「いいからいいから」と笑って済ませばいいだけの話のように思える。

三宗がいとも簡単なことのようにあっけらかんと提案すると、香ノ木が僅かに視線を伏せた。表情は相変わらず能面のようなのに、睫毛《まつげ》の影が頬に落ちるとそれだけで憂いを帯びたように見えた。

「そういった意味では、私は彼らにとって主人だとは認められていないのかもしれないな」

「はァ？　ンなら、誰がボスなんだよ」

素っ頓狂な声をあげて三宗が椅子の背凭れにふんぞり返ると、その様子に香ノ木が顔を上げた。

さすがにリラックスしすぎただろうか。組もうとしていた足をおとなしく椅子の上に戻して、三宗は姿勢を正した。

香ノ木が主人として認められてないなんて、三宗にはにわかに信じがたい。この屋敷のことはまだいまいちわからないが、少なくとも香ノ木がここの使用人たちから好かれている存在なんだということだけはわかっている。だからこそ得体の知れない三宗を目の敵にしているのだろうし。

「この屋敷の主人は、今でも私の両親なんだろう」

「両親？　ここに一緒に住んでんのか？」

たしかに香ノ木は三宗と大差ないくらいに若く見える。見た目がモデルかマネキンかというほど整っているから年齢はいまいち確証が持てないが三十歳に届いていればいい程度ってところだろうし、親は行ってても六十歳かそこらか。

だけど三宗はこの屋敷でまだそれらしい年齢の人を見かけたこともないし、そもそも最初から香ノ木が主人だと名乗ってるはずだ。

考えてみれば、なんだかちぐはぐした印象を受ける。

加納や里井たちも香ノ木を主人でも名字でもなく、「葵様」と下の名前で呼んでいた。まるでこの屋敷の香ノ木という名前の主人は他にいるとでもいうかのように。

「亡くなったんだ、五年前に」

香ノ木の表情は固く塗り固められた作り物のように、微動だにしない。

声のトーンも常に一定で、ロボットのように感じる。

その様子からでは、彼が悲しんでいるのかどうかすら推し量ることはできなかった。

「知らないかな、当時はニュースにもなったと思うんだけど」

「えっ……ニュース？」

たった五年しか経《た》っていない両親の死を淡々と語る香ノ木のよく整った顔を呆《ほう》けたように見てしまって、三宗は慌てて首をひねった。

五年前のニュースなんて、大規模災害レベルでもなければそうそう覚えていないだろうと思いつつ首をひねる。

五年前と言えばまだ先代組長もピンピンしていて、酒の席や他の組との会合や、いろんな場所に三宗を連れて行ってくれたものだ。社会勉強だと言って毎日五誌くらいの新聞を読まされていたのもその頃だ。

「――……あ、」

バチッと、脳の中で回線が繋《つな》がって火花が散ったような気がした。

目を瞠って、顔を上げる。そこには香ノ木の顔があった。

確かにこの顔を見たことがある。

香ノ木って名前も、初めて聞いた時からどこかで耳にしたことがあるような気がしていた。

「え？　……香ノ木って、あの香ノ木？」

歴史的なことはよく知らないけどとにかく確かに香ノ木グループの当主とその妻が交通事故で亡くなったということが新聞の一面に載り、ニュースでも報じられたってことは覚えている。

芸能人か総理大臣かっていうレベルで自分には縁のなさすぎる名前だと思っていたから記憶にも止めていなかったけどあの香ノ木か。

「今まで気付いていなかったのか？」

三宗は、声も出せないまま大きく肯いた。

なんか知らんけどすげー金持ちだ。……のはずだ。

それこそニュースでは香ノ木家の歴史とかにちょっと触れられてしまうくらい昔からの名家で、今は商社とか百貨店とかのグループを経営しているとかなんとか。香ノ木グループの百貨店は三宗も知っているくらい有名なものだった。

「マジか……」

執事やメイドがいるような金持ちって時点でスケールが違うなとは思っていたけれど、とたんに現実味を帯びてきた気がして三宗は頭を抱えた。

今目の前にいる香ノ木葵その人ではなくてその父親だろうけれど、晩餐《ばんさん》会だのなんだのと政界や財界の面々と交流していたのを新聞で見たことがある。

今ならその息子である、この香ノ木がしているってことになるんだろう。

その執事なんて、責任が重大すぎる。

「私が生まれる前から香ノ木家に仕えていた執事がいるんだけどね」

「！　そうだ、前任者はどうしたんだよ」

それ聞こうと思ってた、と勢いよく応じてから、少し後悔した。

交通事故で両親を亡くしたということは、その執事も一緒だったのかもしれない。

自分の親を亡くすことも、一緒に過ごしてきた家族のような存在を亡くすことも同じだけつらい。

三宗は、それを痛いほど知っているのに。

慌てて質問を撤回しようかと言葉を探すうちに、香ノ木が口を開いた。

「両親が亡くなったショックで倒れてしまって。今は療養中だ」

「なんだ……」

どっと安堵感が押し寄せてきて、三宗は椅子に体を沈めた。

「もう高齢だから。一度に二人も喪《うしな》ったことが堪えたんだろう」

ここにはいない老人のことを思うように視線を窓に向けた香ノ木は、まるで他人事だ。三宗は目を眇め、机に身を乗り出してその横顔を窺った。

「そりゃ、アンタも同じだろ？」

香ノ木が三宗を振り向いた。

ハッとするでもなく、ごまかすように笑うでもない。お面でも着けているのかと思うほど表情は変わらない。

「まぁ、そうだね。でも香ノ木家の当主になった以上、倒れているわけにもいかないから」

香ノ木に特別同情しようとは思わない。

実際、親の後を継ぐっていうのは相当の精神力が必要だろうし、男には踏ん張らなければいけない時がある。香ノ木はそれをやり遂げた男なんだろうと、見直す気持ちもある。

だけど、表情が変わらないだけじゃなく目の中まで暗く沈んでいるような香ノ木の表情だけが気にかかって、三宗はそれをじっと覗き込んだ。

「……何か？」

知らず、不躾《ぶしつけ》なまでにじっと目を見つめていたんだろう。

香ノ木に訝しがられてハッと我に返った時には、鼻先がぶつかるんじゃないかというほど顔を寄せてしまっていた。慌てて身を引いて、椅子に座りなおす。ごまかすように咳払いをしてから、改めて香ノ木を仰いだ。

「まあでも、別にアンタが主人て認められてねェとは、俺は思わないけど」

「そうかな」

「そうだ」

思わずムキになって言い返して、三宗は頭を掻きむしった。

つい、菖蒲会と重ねてしまったのかもしれない。

先代組長亡き後、菖蒲会はその息子が継いだ。その組長も、今は塀の中だろうと思うと気が塞ぐようだ。

怪我が治ってこうして執事として働くことになってしまった今、自分が去った後の菖蒲会のことを知ろうと思えば調べることもできるのかもしれない。でも、その勇気がわかない。

「――……三宗は私に意見を尋ねるだろう」

思わず押し黙った三宗を静かに見つめていた香ノ木がぽつりと漏らすようにつぶやいた。

「は？」

「何か言えだとか、疲れているのかとか……」

そんなこと言っただろうか。

よく覚えていないけれど、まあ三宗が言ったというならそうなのかもしれない。ただそれを思い出そうとして、不意にワインセラーで香ノ木に笑われたことを思い出した。

あれも確か、物言いたげな香ノ木を促したら急に笑われたんだった。

「そういや、人形だの何だのってアレなんだよ？　加納もキョトンとしてたけど」

人形扱いしていないかと言われれば、人形みたいなヤツだとは常に思っている。

何しろ手足の長さが三宗とは比べ物にならないくらい違うし、腰の位置も、顔の作りも何もかもが違う。同じ人間だとはとても思えない。

それにポーカーフェイスやクールを通り越して表情がないし、声にもあまり抑揚がない。

それがたまに笑ったりするから不思議な物体のように思ってはいるけど、たぶんそういう意味ではなさそうだ。

「私はこの屋敷で、仕事以外で選択をさせられることがないんだ」

「洗濯?」

三宗が手洗いをする身振りを加えて尋ねると、無表情のまま首を左右に振られた。こういうことでは笑わないらしい。

「私の意見を求められることはない。香ノ木葵という人間の言うべきことや、好むもの、生き方はすべて彼らがよく知っている」

「ん? ……ンだ、それ。意味わかんねェんだけど」

三宗が顔を顰めて聞き返しても、香ノ木は苦笑を浮かべるでもなくただ視線を伏せた。

親や友達が自分の好物を知っていてふるまってくれるとかいうことならよくあることだ。だけど言うべきことだの生き方っていうのは、よくわからない。

「そんなのお前らしくないとか、そういうの?」

「私らしさというものはない。私は、香ノ木家の当主という存在でしかなく、ただの人形なんだ」

静かに、淡々とそう言った香ノ木の体がまるで透けて消えてしまいそうに感じて三宗は思わず自分の拳を震わせた。反射的に手を伸ばしそうになったけれど、それもおかしな話だ。

香ノ木はただの人間で、人形でもなければ幽霊みたいに消えてしまうはずもない。

「でも、俺みたいなやくざ者を執事にしたじゃん。それはアンタの自分勝手だろ」

フットマンにもメイドにも歓迎されてない。そもそも三宗の意志だって尊重しなかったくせに。

そんなワガママな人形がいるものか。

三宗が不貞腐《ふてくさ》れたように言うと、香ノ木が視線をちらりと上げて唇をほころばせた。

「そうだ。だからきっと、加納たちは混乱しているだろうね。彼らの思う香ノ木葵がすることじゃない」

香ノ木が垣間《かいま》見せたその表情はひどく小悪魔的で、悪戯《いたずら》っぽくて——三宗は、背中がぞくりと粟立《あわだ》つほど興奮して、短く笑い声を上げた。

「ハハッ！　つまり俺は、アンタの共犯者ってことか。悪くねェな」

香ノ木がどんな風に思われてるかなんて三宗の知ったことじゃない。ただ、人形のようだったたっていう香ノ木の見せた反乱に自分が利用されたっていうのは、お行儀のいい執事をさせられるよりずっと面白い話だ。

療養中だっていう本当の執事が戻ってくるまでの、ただのお遊びのようなものだと思えば多少は気も楽になる。

俄然《がぜん》やる気が出てきて、三宗は香ノ木を見直した。

「共犯者か……やっぱり三宗は面白いな。これからよろしく」

切れ長の目を細めた香ノ木が掌を差し出すと、三宗もそれを迷いなく握り返した。その勢いと力の強さに少し驚いたようだったけれど、香ノ木もしっかりとそれを受け止めた。

「ああ、よろしくな。ご主人サマ」

三宗が冗談めかして言うと、香ノ木も肩を揺らして笑った。


朝は五時に起床。

洗顔、歯磨き、着替えと髪を整えて自分の身支度を完璧《かんぺき》に終えてから、既にメイドに起こされている主人の部屋を訪ねるのが執事の朝の仕事だ。

主人の身支度を手伝うのはメイドではなく執事の仕事で、同時に今日一日の予定について確認も行う。

――というのが、理想なのだけれど。

「……ふわぁ」

メイドの用意した香ノ木のスーツを開きながら、大きなあくびを漏らして三宗は必死に自分のまぶたをこじ開けていた。

朝の五時なんて、以前だったら就寝時間でもおかしくない時間だ。

この屋敷に運ばれてきてから二ヶ月少し。執事の仕事を始めて一ヶ月。多少は慣れてきたとはいえ、眠いものは眠い。

慣れてきたのは日付が変わる前に眠くなることくらいだ。それでも香ノ木の仕事の手伝いをしていれば就寝が零時を回ることもある。

前任者は高齢のおじいさんだったというが、確かに老人なら朝早くても苦労はなかったかもしれない。

「今朝は加納の姿がないな」

三宗の開いたスーツのジャケットに袖を通しながら、香ノ木があたりを窺うように視線を走らせた。

香ノ木は、いつも眠そうな顔ひとつしない。

日によっては三宗を先に部屋に帰した後も仕事をしていることがあるらしいのに、翌朝も目の下にくまひとつ見せない。

人形どころか、もしかしたらサイボーグか何かなのかもしれないとさえ思えるくらいだ。

「ああ、キッチンでトラブルがあったらしくて……」

まだ三宗が半人前なこともあって、いつもは加納か里井のどちらかが香ノ木の身支度に立ち合っている。そうでもなければカフスリンクスだのネクタイピンだの、三宗には馴染みのない装飾品がわからないからだ。

だけどこうしていないならいないでなんとかなるようになってきたし、もし間違ったものを着けようとしても香ノ木が教えてくれる。

もっとも、主人に教えられるなんてことはあってはならないからと加納や里井がついていてくれているのだが。

「トラブル？」

「アンタ、鮭《さけ》が好きなのか？」

スーツを着せた後に背中を軽くブラシで撫でながら尋ねると、香ノ木が首をひねった。

「なんか魚の調理法で揉《も》めてるらしい。生だのムニエルだの」

産地がどうとか、脂がどうとか。

朝食なんて焼鮭と卵焼きと味噌汁と白米でいいだろうと三宗は思うけれど、加納は真剣な顔でキッチンメイドと話し合っていた。

「サーモンか……特に好きでも嫌いでもないな」

「加納は葵様の好物だって言ってたけど」

三宗が言うと、香ノ木は察したように少し視線を伏せただけだった。

たった一ヶ月過ごしただけで、こうしたフットマンと香ノ木の嗜好《しこう》のすれ違いはたびたび目の当たりにした。

お茶の時間だからと毎日紅茶を用意されるけれど、別に香ノ木が望んでそうしているわけではないとか。

ただ小さい頃からの習慣がずっと続いているからそういうものだと思っているだけで、それが使用人には「葵様たっての希望」だと思われてしまっているらしい。

三宗が一度、コーヒーでもいいんじゃないかとメイドに言ったら烈火のごとく怒られてしまった。

彼らにしてみれば三宗は「わかってない」のだそうだけれど、昨日と同じことを今日も香ノ木が望んでいるかどうかなんて、毎日聞いてみなければわからないと思う。

「アンタもさ、言ったほうがイイって。そういうのは。あいつらのタメじゃん？」

香ノ木の前に回って、ネクタイの位置を確かめる。

今日は香ノ木グループで経営する百貨店の取締役会に参加するというから、艶《つや》を抑えたネクタイだ。

加納から何度も念押しされた。

その日会う人、訪ねる場所、状況によってスーツもネクタイも装飾品も細やかに変える。

三宗がもし暗記の鬼だったとしてもとても一ヶ月で覚えきれる量じゃない。だけど別に丸暗記しなくても相手に失礼がなきゃいいんだろと訊いたら、香ノ木はその通りだと肯いてくれた。

結局、気にしているのはいつも「香ノ木ではない別の誰か」なんだろう。

「それを言ったら、使用人たちも私のためにしてくれていることだ」

ネクタイの結び目に手をかけた三宗に答える香ノ木の声は、静かなものだ。

確かに加納たちだって常に香ノ木に良かれと思って行動している。

メシなんて腹が膨れりゃなんだってイイだろと適当なものを出すんじゃなくて、主人が好きなものを食べてもらいたいと思うから朝からキッチンでミーティングが始まってしまっているのだ。

嫌いなわけではないから言い出しにくいというのはあるだろう。

そもそも使用人から香ノ木に好物はなんですかと質問することもないわけだから。

「じゃあ、アンタの好きなモノってなに？」

だとしたら三宗が香ノ木の好物を教えてやれば使用人たちも助かるのかもしれない。

名案だとばかりに三宗が声を弾ませると、香ノ木が長い睫毛を上げてひとつ、瞬きをした。

「好きなもの……」

薄い唇から、微かな吐息のように声が漏れる。

三宗が肯き返して返答を待っていると、香ノ木の視線が天井を向き、やがて窓に向かって、それからまた天井に戻った。首をひねり、しまいにはまぶたが閉じてしまっても、香ノ木は答えようとしない。

「……考えたことがないな」

「マジかよ！」

さんざん待った挙句の回答に思わず食ってかかるような声を張り上げると、香ノ木が少し視線を和らげたように見えた。

最近気付いたことがある。

香ノ木は基本的に顔の筋肉が退化しているのかと思うほど表情が変わらないと思っていたけれど、

たまにこうして切れ長の目が険をなくすような——気がしているだけかもしれないけれど——時がある。

具体的にはほんの数ミリ目を細めているだけだけれど、ちょっとだけ笑っているように見える。

それが一ヶ月間執事をしてきて得られた収穫かもしれない。仕事はさっぱり覚えが悪いのに。

「三宗は何が好きなんだ？」

気付くと、香ノ木の顔にぼんやり見惚《みと》れていたようだ。

三宗から顔を逸らして傍らのチェストに載せたコームを手に取った香ノ木に、慌てて手を伸ばす。

コームを受け取って香ノ木を椅子に座らせると、その細い髪を梳《と》かしながら三宗は天井を仰いだ。

「俺は、まず肉じゃがだろ？　あと焼きそば、もずく、柿の種……ピザと、あ、餃子《ぎょうざ》も好きだな」

「たくさんあるな」

櫛《くし》を通すまでもなくさらさらとした香ノ木の長めの髪に、今度はワックスを取って撫で付ける。

髪を整えられている間、香ノ木は鏡を見ることもなく背筋を伸ばして、目を閉じたままだ。

「ああ、あと炊き込みご飯と、葱《ねぎ》が山ほど入った味噌汁と……、ふわぁ」

つい堪えきれずにあくびが漏れ出てきた。

菖蒲会の事務所に寝泊まりしていた頃、二日酔いの朝といえばみんなで葱のたくさん入った味噌汁を飲んだものだ。それを思い出したせいかもしれない。

三宗の盛大なあくびに驚いて目を開いた香ノ木が、背後の三宗を振り返った。

「あー……悪い。つか、アンタは眠くねェの？」

ぶるっと首を振って眠気を追い出し、こちらを向いたついでに香ノ木の前髪を整える。

イケメンはどこをどうしたってイケメンだから、これぱっかりは身嗜《みだしな》みを整えるといっても気が楽だ。三宗が適当でも、香ノ木の容姿に支障なんてあるはずがない。

「……つか、あくびとかしたことある？」

出来上がり、と三宗が掌を拭うと、香ノ木が椅子を立ち上がった。

時計の針はちょうど七時を指している。そろそろ食堂に向かう時間だ。しかし香ノ木はすぐに移動しようとしないで顎を撫でながらうつむいた。

「あくび………どうだろう、覚えがない」

「はァ!?　冗談だろ？　人間の生理現象だぞ!?」

「寝不足に慣れてるからかもしれない」

香ノ木は冗談を言っている様子もなく、至って真剣そうだ。

尋ねた三宗自身、香ノ木が口を開いてあくびをしている姿を想像もできないから口をついて出てきたこととは言え——あくびをしたことがない人間なんてこの世に存在するのか。

いや、もしかしたら本当に人間じゃないのかもしれない。

どこかに起動スイッチがあるとか。思わず真剣に香ノ木の頭の天辺《てっぺん》からつま先まで視線を走らせて、一分の隙もないその完璧な容姿になんとなくがっかりと肩を落とした。

三宗もようやく燕尾服に慣れてきたような気がしていたものの、とてもじゃないが香ノ木と並んだらまるでコスプレのように見えるだろう。

「つーかさ、アンタってリラックスとかしたことある？　ずっと緊張してるからあくびとか出ないんじゃねェの」

香ノ木はいつ見ても、映画のワンシーンですかと聞きたくなるようなキリリとした表情で背筋も伸びている。誰も見ていないところで伸びをしたり目頭をつまんだり口をぽかんと開けていたり、そういう姿が想像もできない。

三宗は一日の仕事を終えて燕尾服を脱げばスウェットに着替えて眠るけれど、香ノ木はあのシルクの寝間着で眠っているんだろう。

育ちの違いというのはここまで差があるものだろうか、と嘆きたくなるような——香ノ木じゃなくてよかったという気持ちも少しあるけれど。

「最近はこれでもリラックスできていると思ってるよ」

「どこが！　リラックスのリの字も見えやしねェよ」

「三宗と話している時はリラックスしている」

にこりともせずに真顔で即答されると、思わず言葉を失った。

何か言い返そうとした口を開けたまま、間抜け面で香ノ木を見上げる羽目になる。

こいつ何言ってんだと思いつつ、確かにリラックスしているのかもしれないという気にもなる。それこそ、他の使用人に比べて三宗は無駄口が多いんだろうから。

もしそれが不快だったら三宗を黙らせるのは簡単なことだ。言葉使いを正せと言われれば必然的に三宗は無口になる。

だけど香ノ木は二人だけの時は敬語を使えとは言わないし、身支度も終えたというのに食堂に向かおうともしない。

きっと、リラックスしているというのは本当なんだろう。表情からはわからないとしても。

「ああ、好きなものを思いついた。三宗と話をしている時が好きかな」

顎に指先をあてがって肯いている香ノ木は、至って真面目《まじめ》なようだ。

言われた三宗は、とても平静ではいられないというのに。

「バッ……おま……っ！　あのなぁ！」

男にそんなことを言われても嬉しくないだとか、いやでも執事としては主人に気に入られているのは良いことなんじゃないかだとか、それにしても言い方ってものがあるだろうとか。

言いたいことは津波のように押し寄せてくるけれど、相変わらず表情を変えない香ノ木がおとなしく三宗のツッコミを待つように視線を寄越してくると、逆に重いため息が漏れた。

「……そういうのは女に言えって……」

香ノ木にそう言われてぽーっとならない女はいないだろう。

三宗が女だったらもうこの場で抱きついていたかもしれない。そんなことを想像すること自体乾いた笑いがこみ上げてくるけれど。

「そうだ、アンタ女は？　こんなに顔が良くて金持ちでっていったら女がほっとかねェだろ」

この一ヶ月、執事としてそれなりに香ノ木のそばに付いていたつもりだ。

ワインや食器の勉強で一人になることはあっても、その間の香ノ木のスケジュールも正確に把握している。女の影は見当たらなかった。

三宗が香ノ木の容姿を持っていたら一ヶ月に六十人の女は侍《はべ》らせていたかもしれないと思うと、途端に疑問に思えてきて香ノ木を食い入るように仰いだ。

「許嫁《いいなずけ》のことなら――」

「え、いやそうじゃなくて」

許嫁がいることにもびっくりだけれど、今はその話じゃない。

もっと、遊びの女の話だ。わかるだろという気持ちで香ノ木を促すように視線を向けるものの、何も響いてこない。

思わず無駄に数秒間見つめ合ってから、三宗はジリッと後退《あとずさ》った。

「マジか……そっちの生理現象もナシかよ……!?」

去勢でもされてんのか、と三宗が大袈裟《おおげさ》におののくと、ようやく合点がいったように香ノ木が小さく声をあげた。

「ああ、いや大丈夫。それはある。人並みに。ただあまり無責任なことはしたくないというか、心に決めた人とだけそうなればいいだろう」

「お姫様かよ！」

「どちらかというと王子様かな」

普通の男ならどの面下げて王子様だよとぶん殴ってやるところだけれど、このモデルか俳優か絵画か人形かって顔でしれっと言われると、王子様もやむなし……と納得してしまうからたちが悪い。

香ノ木にもおそらく学生時代はあったんだろうし、その時分は王子様と呼ばれていたんだろうことは想像に難くない。

同じ学校に通っていた女子連中にとってはさぞかし高嶺《たかね》の花だったんだろう。

「って――……え、童貞？」

全校の女子からモテまくっている香ノ木を勝手に想像してムカついてはみたものの、もしやと思うと一縷《いちる》の希望が見えてくる。

この、金もスタイルも容姿も地位も名誉もなんでも持っているご主人様がまさかの童貞なのか。

「キスくらいはしたことあんだろ？」

香ノ木は口を噤んだままだ。

そうしているとまるで一枚の写真のように見える。実際は経験値のなさを黙っているだけのとぼけた顔だっていうのに。こういう時にそのポーカーフェイスは、ちょっとばかり可愛《かわい》く思えてしまう。

「ノーコメントかよ！」

　したことがないと言われても、まあそうは言っても経験はあると言われても面白いし、黙っていることすら面白くなって三宗が声をあげて笑うと、つられたように香ノ木も口元を押さえた。その手を退《ど》けて見るまでもない。双眸を細めて、見事に破顔している。

　そうして笑っていると、香ノ木が鉄仮面のように表情を変えない男だなんて信じられないくらいにあどけないのに。

「ったく、キレイな顔してンのに宝の持ち腐れかよ」

　もったいねェ、と三宗が大袈裟に首を振ると、視界の端に柱時計が映った。

　食堂に向かう時間をもう過ぎている。だけど、気付かないふりをした。

　なにしろ主人がこの時間をリラックスの時間だと言ってくれているんだから。

「顔？」

　さっきまで笑っていた香ノ木が三宗の言葉にキョトンとして、首を傾ぐ。

　まさか、自分が人より優れた容姿だってことも理解していないんだろうか。

「そう、顔。毛穴もないようなキレイな顔しやがって」

「毛穴はあるだろう、人間なんだから。汗もかくし」

　そりゃ香ノ木も三宗と同じ人間なんだから細胞の数も大差ないし毛穴もあるし目は二つ、鼻も口もひとつずつだ。それなのにどうしてこうも違うのかと思うと腹が立って仕方がないから、三宗は大袈裟に顔を顰めて、まるで因縁でもつけるかのように香ノ木に顔を近付けた。

「マジかよ？　どこ？　毛穴なんて見えねェけど？　どこだよ」

三宗が戯れてるのに気付いているのかいないのか、香ノ木もおとなしく身を屈めて顔を寄せてくる。ほら、というように頬を見せてくれるが、間近に見れば見るほどきれいな肌をしているしなんだかいい香りもする。とはいえこうしてしっかり見てみると、きれいなだけじゃなく輪郭や首筋なんかは男性的で骨っぽいんだということに気付いて、三宗は思わずその肌に手を伸ばした。

三宗の手が香ノ木に触れようとした、その瞬間。

「失礼します」

扉をノックする音が響いて、思わず飛《と》び退《の》いた。

見ると、香ノ木も少なからず驚いたように扉を振り向いている。屈められた背もすっかり元通りだ。

「どうぞ」

三宗が許可すると、扉を開いたのは加納だった。

「葵様、朝食の準備が整ってございます」

深々と頭を下げた加納の姿を一瞥して、香ノ木が静かに肯いた。

「ああ。じゃあ、行こう」

香ノ木がそう言って靴底を鳴らすと、三宗も一度頭を下げてからそれに従う。素知らぬ表情で。

香ノ木が部屋を出て、三宗がそれに続いて最後に加納が扉を閉めてついてくる。

静謐《せいひつ》な朝の屋敷の廊下を歩きながら、途中で香ノ木がわざと肩越しに三宗を振り返ると、笑いを堪えるので必死だった。

香ノ木が書類に目を通す間、三宗はその斜め後ろでじっと立っている。真後ろではなく、隣でもない。書類の内容は目に入らない程度の距離で、でも香ノ木が書類に捺《お》した判の朱肉を拭うことができる程度の距離。

香ノ木の背中をじっと見つめることはしないが、香ノ木の動きには反応しなければならない。香ノ木の正面に立つ人間を直視してはならないし、うつむいていてもだめだ。

無駄な動きはしない。自分は主人の背景のように、一切の自己主張を消さなければならない。執事らしくただ立っているだけというのが一番難しい仕事だ。

最初のうちは何度も名前を呼ばれたり、香ノ木の仕事相手に訝しげな視線を向けられたりもした。フットマンに何度も教えを請うたり香ノ木に付き合ったりしてもらいながら鏡の前で練習もした。なんとなくコツが摑めてきてからも、この状態を長時間維持することが難しくて苦労したものだ。

それも二ヶ月と経てばなんとなく様になってきたんだろう。今では他人に意識されることもなくなってきた。スーツ姿のサラリーマンばかりがいるこの会議室で、ただ一人燕尾服なんて時代錯誤的な服装を着ているというのにだ。

もっとも、三宗だって二十四時間この物静かな状態を続けていろと言われたらさっさと音を上げていたかもしれない。

これができるのも、香ノ木が二人きりの時だけはと言って気の置けない会話を許してくれるからだ。香ノ木と会話している時にリラックスできているのは、実は三宗のほうなのかもしれない。

今朝の会話を思い返すと、何だか気恥ずかしくなってくる。もちろんそんなことも表情に出すことはできないけれど。

「決算書類は以上でございます」

最後の書類に判を捺した香ノ木の手から角印を預かって、朱肉を丁寧に拭《ふ》き取る。

三宗が何時間も物も言わず無駄な動きもせず、影のようにそっと寄り添っているだなんてちょっと前までは想像もできなかったことだ。

成り行きで——半ば脅されるようにして始めた執事の真似事とはいえ、こんなにできるようになるとは思わなかった。

もちろんまだ屋敷内での仕事はまだまだで、昨晩も香ノ木の部屋を出てから一時間近く食器部屋に籠《こも》ってみたが、さっぱり覚えられてない。得意そうだと思ったワインの銘柄だって曖昧《あいまい》だし、屋敷での仕事はまだまだバカにされてばかりだ。

それでも外ではそれなりに執事らしく様になってきているように——自分では思う。

何しろ執事として様になっていればいるほど人から褒められるものではないのだから難しい。

主人より目立つようなことなく、主人の手足としてさり気なくサポートを行う。それが執事というものだ。らしい。加納の受け売りだが。

「ご覧いただきました通り、本店の売上率は右肩下がりの傾向にあります。やはり今一度、大幅な方向転換を検討してみてはいかがでしょうか」

三宗が角印を鞄《かばん》にしまい、もう一度腰を上げた時、香ノ木の隣で提言した中年の男性と一瞬目が合った気がした。

視線を伏せて、そっと自分を殺す。

以前ならとっさに「やべえ」と思ってしまっていたところだけれど、逆にそれが焦りになって相手に伝わってしまう、ということを学んだ。

これが以前だったら目が合った相手から目を逸らすなんて、考えられなかった。それは負けを意味していたからだ。やくざの世界では。それが今は何の感慨もなく視線を伏せられるようになってきた。えらい違いだ。

「売上が低迷したままで良いだなんて言った覚えはない。以前見せてもらったリニューアル案には同意できないというだけだ。他のアイディアがあるなら私はいつでも歓迎する」

香ノ木が凜《りん》とした威厳のある声で、しかし偉そうでもなく、微笑《ほほえ》んでいるかのように穏やかに告げる。

相変わらず表情筋はピクリとも動いていないのに声だけは微笑んでいるような丸みを帯びるのは不思議だ。いっそ笑ってみせたほうが簡単そうなものなのに。

とはいえ、香ノ木がやたらとニコニコ笑って見せないことを三宗は気に入っていた。

会議に同席している百貨店のお偉方は何だか気圧されているようだけれど。

「ではこちらの企画書にお目通し頂けますか」

香ノ木の前に、新しい書類が差し出される。

会議に出席した面々をそれとなく窺うと、この企画書が出されることは既に彼らの間では議決されていたようだった。香ノ木に提案する前に話し合いはされていたということなんだろう。

まあ、ここで会議が紛糾されても困る。三宗はこの後の予定を考えながら、ちらりと壁の時計を見上げた。

と、不意に香ノ木の笑い声が聞こえた気がした。

香ノ木が三宗の前以外では笑わない――なんて思っていたわけじゃないけれど、このタイミングで笑ったのは意外だ。

思わず背中を向けたままの主人の横顔を盗み見る。

「全館改装工事？　面白い冗談だ」

双眸を細めた香ノ木は、柔らかな表情をしていた。快活に笑うって表情ではない。だけど品のある優しい微笑みは、その発言もあいまってギクリと背筋が凍るような雰囲気があった。

たぶん、珍しく香ノ木の笑顔を見た会議室のおっさんたちも同じ気持ちだったんだろう。急に空気が冷えた気がした。

「し、……しかし」

「歴史ある百貨店を画一的なデザインにすれば、この店だけにある価値をみすみす下げてしまうことになる。わからないか？」

香ノ木が微笑んだように見えたのは一瞬で、だけど効果は抜群だった。

隣の中年男性――彼もこの店の取締役のはずだけれど――だけが白い顔をしながら食い下がっている。

「当店のブランド力は誰もが認めていることです。ただ、敷居が高いというマーケティング結果が……」

それは言えてる。

三宗は会議室の壁と同化しながら心の中で大いに肯いた。

香ノ木グループの百貨店のことは、三宗でさえ以前から知っていた。戦後間もなくから都心の一等地に大きく店を構えた、なんか歴史のあるすごい百貨店だという程度には。だけど富豪御用達というイメージがあって、とてもじゃないけれど足を踏み入れたことはない。

入っているテナントに用がないっていうのもあったが、それでも組長の付き添いで路面店に行くことはあっても百貨店のほうが敷居が高いと感じた。

「そうだね、私としてもお客様を選ぶという気はない。どなたにも足を運んでいただきたいと思っているし、お高く止まるつもりはない」

背後でこっそり中年男性に同意した三宗の心でも読んだのかと思うほど、香ノ木の声が優しくなった。

場の空気も、少しばかりホッとしたように感じる。

この広い会議室の空気を香ノ木が掌握してるんだと思うと恐ろしくも感じたけれど。何しろこの部屋にいる中で——三宗を除けば——一番若いのは香ノ木だ。その若造がちょっと微笑んでみせただけで並みいるおっさんどもが固唾《かたず》を呑んだり安堵したりしている。

香ノ木家の当主だから恐れているというのとは違う。

香ノ木葵自身に、そういうオーラがあるんだろう。それが能面のようにほとんど表情を変えないからなのか、静かで淡々とした口調のせいなのかはわからない。

あるいは穏やかな口調と、明晰《めいせき》で鋭いメスのような言葉を織り交ぜる話し方が原因かもしれない。

「しかし当店に何十年と通ってくださっているお客様へのマーケティングは行ったのか？　当店はただ商品を売っているんじゃない。格式も一緒に売っている。それは、他の店では取り扱うことのできないものだ」

場の空気が完全に変わった。

香ノ木に分があるということを全員が理解したのが、まるで目に見えたようだ。

企画書には事前に全員同意していたはずなのだろうに。みんな香ノ木の言葉に心を摑まれたかのようにさえ見える。ただ一人、香ノ木の隣の男以外は。

「こんな企画に私が判を捺すと思ったのか？」

隣の男だけが納得できていないことを香ノ木も感じ取っているんだろう。

肘掛《ひじか》けのついた革の椅子を少しだけ回転させて香ノ木が男のほうを向くと、三宗からは表情が見えなくなってしまった。わざわざ覗き込むようなものでもないけれど。

「理事は私だ。この店をあなたの自由にはできない」

微かな、まるで囁《ささや》くような声だった。

もしかしたらこの部屋でその言葉を聞いたのは香ノ木の隣の男と、三宗だけかもしれない。そう思えるほど静かな声だったけれど、息が詰まるような迫力があった。

三宗が何を言われたわけでもないのに冷たい汗が背中を伝う。

まるで、そのへんのやくざ者よりよほど怖い。そんな気がした。

「わ、……っ私のじじ、自由にだなんて、そんなっ、滅相もない！」

香ノ木が男にどんな表情を向けていたのかは知らない。しかしもう五十は超えているだろうという男の顔面は真っ白になって、唇からも血の気が失《う》せている。

「でも実際、店を全面改装するだなんて企画に異議を言える人間は私以外にいないいんだろう？」

香ノ木が椅子の足をキィと鳴らして卓についた面々を見回すと、誰もが一様に顔を伏せた。

——ウチのご主人サマは怖ェな……。

三宗は心の中で苦笑を漏らしながら、しかし実際のところ、悪い気はしていなかった。

自分の主人が香ノ木で良かったと誇らしく思えてしまうほど。

「そ、それでは本日の取締役会はこれにて。次回日程については改めてご連絡させていただきます」

末席の秘書が告げると、お偉方が言葉もなく椅子を立ち上がり、まるで逃げるように会議室を後にしていく。

香ノ木の隣に座っていた男も例外じゃなく、理事である香ノ木への挨拶もそこそこに慌ただしく書類をかき集めて席を立ち上がった。

「！」

香ノ木の椅子を引くために近付いた三宗の視界に、百貨店全面改装の企画書の一文が飛び込んできたのはただの偶然だった。

無下にされた書類を覗き込んでやろうなんて意地の悪いことを思ったわけじゃない。そもそも、三宗が見たってちんぷんかんぷんだろう難しそうな言葉が並んでいただけだ。

だけどその中にひとつだけ、見覚えのある名前があった。

「どうかしたか」

そそくさと会議室を出て行く男の背中をなんとなしに眺めた三宗の様子に気付いて、香ノ木が振り返る。

「……、いえ」

ハンガーから下ろしたコートを広げ、香ノ木の背中にあてがう。そうされることに昔から慣れているのだろう香ノ木が袖を通すと、三宗はもう一度男の去って行った扉を見やった。

「先ほどの、企画書の件ですが」

ほとんど出ていったとはいえ、室内にはまだ他の人の目もある。三宗が声を潜めると、香ノ木が視線だけで肯いた。

「改装に関わる施工業者の名前に見覚えが」

見間違いでなければ。

確認しようと思えば香ノ木がもう一度企画書を提出させることは可能だろう。コートのボタンを閉めた香ノ木は三宗の言葉に逡巡し、肩越しにもう一度視線を寄越した。

「前職の知り合いの関係、ということ？」

「はい。……必要であれば、少し調べますが」

声を低め、唇を大きく動かさずに震わせるようにして話す。

菖蒲会の頃、刑務所帰りの仲間に教わった内緒話のコツがこんなところで役立つとは思わなかった。

「ありがとう」

香ノ木も短く答えて、小さく肯いた。

友人から紹介された人が菖蒲会の構成員だった。

もともと少人数で構成されていた菖蒲会は、組長の存在も近くて気付けば事務所に出入りするようになっていたのが始まりだ。

だから、外からやくざの世界を眺めたことなんて今までなかった。

先代組長は気取らない面倒見のいい人で、三宗はよく周りを見ていると褒めては色んな所に連れ回してくれた。おかげで裏社会のいい所も、危険だから近付くべきじゃないって所も教えてもらった。

カタギの人間から自分たちがどう思われてるかってことも。

＊　＊　＊

「——やはり、清瀬《きよせ》取締役は施工業者から賄賂《わいろ》を受け取っておられたようです」

午後三時。

香ノ木は花弁とドライフルーツの入った甘い香りがするフレーバーティーを飲みながら、三宗の報告を静かに聞いていた。

ちらりと見えた施工業者について調べることに時間は要さなかった。

企画書の確認自体、百貨店の役員に電話をすればすぐにデータを送ってもらえたし、施工業者については登録情報を当たればすぐにわかる。

「施工業者である田玉総業《ただまそうぎょう》は指定暴力団のフロント企業で、最近の地上げや都市開発などに多く関わっています」

三宗は調べ上げたメモを読み上げながら、まるで他人事のように話している自分に違和感を覚えていた。

田玉総業の名前を見た瞬間、金や強引な勧誘で百貨店の全面改装を促したんだろうことくらい、想像がついた。それでも適当なことは言えないからと三日を費やしてできるだけ客観的な情報を集めたつもりだ。

脳裏には田玉総業の実質経営者である若頭の顔も浮かんでいたけれど、それは三宗の個人的な記憶でしかない。

「そう」

三宗の報告を受けた香ノ木が何を考えているのかはわからない。

最近は香ノ木のまったく変わらない表情も多少は読めるような気がしていたけれど、気のせいだったのかもしれない。あるいは、今は心を閉ざされているのか。

あまり良くない報告だからと加納や里井には同席してもらわなかったが、だからといって香ノ木がリラックスできるような話でもない。

「清瀬は私の叔父なんだ。近しい親族だから経営について任せているけれど、どうも目先の欲にとらわれてしまう男だ」

ため息を吐くでもなく、困ったという顔も見せずに香ノ木は淡々とつぶやいた。

叔父。

先日見たばかりの中年男性の顔を思い出すけれど、とても香ノ木の端正な顔立ちとは何ひとつリンクしない。

「どうかした？」

つい、神妙な顔で首をひねっていたようだ。気付くと香ノ木が宝石のように澄んだ目をこちらに向けていて、三宗はハッとした。

「いえ……」

「気にするな」

香ノ木が微かに双眸を細める。声も少し、潜められた気がした。いつもはそんなに声を張るタイプではないから潜められてもよくわからないけれど。もしかしたら内緒話でもするつもりなのかも知れない。

つまり、口調を気にしなくていいということか。

「あー、だから……似てねェな、と思って」

思わず三宗も身を屈め、声を潜める。

自然と、三宗に耳を貸すように首を傾けた香ノ木が小さく声を漏らした。

「彼は父の妹の婿なんだ。私と血の繋がりはない」

それなら、納得だ。

清瀬という男には香ノ木のような抜けるような白い肌も、切れ長の目も繊細な指先もたおやかな物腰も滲み出る気品も、何もなかった。ただのどこにでもいる金持ちの中年男性というように見えたから、意外だった。

血の繋がりがないと聞いてちょっと安心した。まるで動く絵画みたいな香ノ木が、中年になったらあんな風になるなんてとてもじゃないけど思えない。

「三宗は、その田玉総業という会社を知ってるのか」

香ノ木は一口ほど紅茶の残ったカップを三宗に差し出してから、報告書のファイルに手を伸ばした。

口調は崩したものの、三宗が執事であることに変わりはない。

紅茶のポットからコゼーを取り、空いたカップに紅茶を注ぐ。報告書を開いた香ノ木の様子が気になるところだけれど、その顔を見たからと言ってきっと表情からは何も読み取れないだろう。

「……まぁ、ちょっと」

「あまり聞かれたくはない？」

「は？　別に」

紅茶を注いだカップを差し出して、三宗は顔を顰めた。

聞かれたいわけじゃないが聞かれたくないほどのことでもない。だけど顔を顰めた三宗の様子を見て香ノ木はそれ以上口を開く様子もない。

三宗はひとつ舌打ちをして、頭を掻いた。

「田玉総業のバックについてる組は龍田組《たつたくみ》っつって、俺がいた組――まぁ、もうねェんだけど……菖蒲会ってトコの、なんつーか……なんだろうな、兄弟みたいなトコだった……ンかな」

龍田組について今更資料を当たったところで、知ってる情報ばかりだ。

少なくとも香ノ木家の執事として調べようと思えばここまでだってところまでしか首を突っ込む気にはなれなかった。それでも、今の菖蒲会がどうなってるかがチラチラと視界の端に入ってくるようでいい気がしなかったのも確かだ。

「歯切れが悪いな」

「まーな」

「あまり兄弟仲はよくなかった？」

香ノ木に尋ねられると、兄弟みたいなものだったと言ったのは自分なのになんだかおかしく思えてきた。

盃《さかずき》を交わしたわけでもない。ほとんど、乗っ取られたようなものだ。

「ま、兄弟仲が良かったら俺はまだやくざ者だっただろうしな」

まるで独り言のようにつぶやいた三宗の言葉に、香ノ木は相槌《あいづち》を打って紅茶を飲んで、それきりかと思った。

執事になってから今まで、特に昔のことについて触れられたこともなかったから。香ノ木には関係のない、興味もない話かとばかり思っていた。

それなのに。

「その龍田組というところが原因で、三宗は帰る場所をなくしたということか」

紅茶のカップをソーサーに戻した香ノ木は、手にした報告書よりも三宗の顔を仰いでいた。

話の続きを促すように。

「どうだろうな。……自業自得かもしんねェ」

「あの日、三宗を襲った相手が龍田組？」

ストレートに尋ねられて、ギクリとした。

もうどこを怪我していたかも忘れかけていたのに、痛めた腕がまた疼くかのような。

なんでも見透かしてしまいそうな香ノ木の視線から顔を逸らして、三宗はそれとなく息を吐いた。

ため息じゃない。深呼吸が必要だった。

「いや、違ェよ。あの晩、俺をぶちのめしたのは、……菖蒲会のヤツら。俺の、家族だった人だ」

たぶん、香ノ木は座って話してもいいという気持ちだっただろう。そうとは言わなかったけれど、
室内にある別の椅子を一瞥したような気がする。だけど長く話すつもりもないからと三宗はそれに気付かないふりをした。

「俺をやくざ者にしてくれた先代の組長が死んで、その息子が菖蒲会ってのを継いだんだ。二年前く

らいかな。俺は親もいなかったしさ、先代組長を本当の親父みたいに思ってたから、二代目のことも俺にできる限り支えようって思ってた」

二代目は三宗と二つしか歳《とし》の違わない、若い男だった。

組員と同じように息子も溺愛《できあい》していた先代は彼を高学歴の経済やくざにするんだといつも自慢気に言っていた。確かに二代目の頭は良かったのかもしれない。学のない三宗にはわからなかったけれど。

「ウチは昔から小さい、貧乏やくざだったからさ。暴対法っつーの？　そういう世間の締め付けでシノギがうまくいかなくなって、二代目が襲名した時なんかほとんど定期的な収入もなかったんだよな。で、二代目はクスリに手を出した」

クスリ、と香ノ木がつぶやいた。

三宗だって、初めてその話を聞いた時は強い拒絶反応を覚えて二代目に食ってかかった。先代も薬物は良くないと言っていた。やくざが自己責任でやるならいい。でも、カタギを騙《だま》して売るような真似をするなと。

だけどそれは、二代目には通じなかった。

「先代がやっちゃダメだって言ってたことをやり始めた二代目に、ついていけねェって離反してったヤツが出始めて。その受け皿になってくれたのが龍田組だ」

「三宗は組を離れなかったんだな」

香ノ木の平坦な口調からは、それがただ尋ねているのかあるいは責めているのかもわからなかった。

別に責められる筋合いのことじゃないのに、今でもどうしても罪悪感がつきまとう。

二代目を止められていたら組は貧乏ながらもまだ安泰で、先代に顔向けができたのにと。

「俺は——それでも、菖蒲会をなんとかしたくて」

努めて平静なふりを装って言ったつもりだけれど、香ノ木のようにはうまくいかなかったらしい。

燕尾の裾を握り締めた三宗に、椅子を立ち上がった香ノ木が腕を伸ばす。その手に、肩を摑まれた。

ただそれだけだ。腕を引かれるのでも、慰められるのでもない。力が入って強張った肩を摑まれると、だけどそれだけで呼吸がしやすくなった気がした。

「二代目を放《ほう》っておけなくて、俺は歳も近かったし、なんとかできるって思ってたんだ。……けど結局、クスリを仕入れてた海外のヤツらの食い物になっておしまいだ」

「おしまい、とは？」

「仕入れ値を上げられて、払えねェなら売り飛ばすぞってな。アッチは別に俺らを介さなくても、今の時代は独自のルートで販売できンだ、俺らはただのカモだってわけ。蓋《ふた》を開けてみりゃマフィアは龍田組と手を組んでてさ。俺らはほとんど解体状態で、組長はろくに喧嘩もできねェ。しまいには、海外マフィアが怖くて自分から警察に逃げ込んでった。自首って形で」

そこまで話すとようやく胸のつかえが取れた気がして、三宗は大きく息を吐いて顔を上げた。

知らず、深くうつむいていたようだった。顔を上げるとそこには驚くほど近い距離に香ノ木の顔があって、静かに三宗を見下ろしていた。

話している間、ずっとそうやって見守られていたのかと思うと気恥ずかしさにぎょっとする。

「少しだけ残った菖蒲会の構成員の間でも二代目を逃したいヤツと、マフィア側のカモとして残したいヤツとバラバラになってさ」

「三宗は？」

あまりの距離の近さに三宗が顔を逸らして早口でまくし立てると、肩にあてがわれた香ノ木の手が少し三宗の体を擦《さす》るように撫でた。まるで子供をあやしてるみたいだと思うと、笑えてくる。

「俺は、……二代目を警察に行かせたくなかった。それをしたら菖蒲会が終わるってわかってたから」

視線を伏せると、耳の奥であの日の雨音が聞こえるようだ。

二代目には菖蒲会を残して欲しいと何度も頭を下げた。それでも、二代目は代紋を持って出頭すると言って聞かなかった。

「……俺が守りたかったのは二代目じゃなくて、菖蒲会っていうテメェの居場所だったんだよな」

我儘《わがまま》もいいところだ。

自嘲《じちょう》気味に嗤った三宗の肩から香ノ木の手が滑って、黒く染まった髪を撫でる。

そういえば昔はよく先代に頭を撫でられたものだ。もっと乱暴で、頭ごと揺さぶられるような撫でられ方だったけれど。

子供じゃねェぞと言って笑いながら、三宗は嫌いじゃなくていつもその手を払い除けることもしなかった。

香ノ木の手が三宗の頭をそっと撫でながら、スーツを着た胸に引き寄せる。頭を預けた体からはフレーバーティーの香りがした。

「私はそうは思わない」

頭上から響いてくる静かな声が、いつもと違って聞こえる。

香ノ木の体から直接響いてくるからかもしれない。

事情も知らないお坊ちゃんが何言ってんだと笑い飛ばすこともできたけれど、三宗は黙ってその声に耳を寄せた。

「三宗が守ろうとしたのは、そこにいた全員の居場所だ。自分の居場所を守るためだったら、三宗はあんなにぼろぼろにはならなかったはずだろう」

「……俺がただ喧嘩弱かっただけかも知れねェだろ」

実際のところ、あの人数に太刀打ちできたのかどうか今となってはわからない。ただ、迷わずに拳を振るうことができなかったことだけは確かだ。

頭上で、香ノ木が小さく笑った。

三宗の喧嘩の強さも弱さも知らないくせにと言いたい気持ちと、その笑った顔を見たい気持ちで顔を上げると、思いの外《ほか》すんなりと頭を抱いた手は滑り落ちてしまった。それでも、燕尾服の肩には置かれたままだったけれど。

「しかし、おかげで私は三宗を手に入れることができたわけだ」

見上げた香ノ木は双眸を細めて微笑んでいた。

頬も緩んで、間近で見ていると心臓に悪いくらい完璧な笑みを浮かべている。

別に同情をされたかったわけではないとはいえ、そんなに嬉しそうにされるのもおかしな話だ。

「手に入れられた覚えはねェんだけど」

困惑した三宗がそっぽを向いて吐き捨てると、それでも香ノ木は笑ったまま、肩に置かれた手もなかなか離してくれようとはしなかった。

こんな出来損ないの執事を「手に入れ」て、何をそんなに喜ぶことがあるんだか。

自分なりに嫌な思い出を吐き出したはずなのに三宗に残ったのは妙な気恥ずかしさばかりで、どうにも調子が狂う。

香ノ木の手を自分から振り払うこともできないまま、三宗はしばらく花と果実の香りが入り交じった香ノ木の香りに抱かれていた。


「えー……本日は経済連の昼食会の後、そのまま若手起業家のミーティング、十七時から先日の都議会で当選された先生方とのお食事会のために一度ご帰宅されて……」

朝食後、キッチンの隣にある使用人部屋で今日の香ノ木のスケジュールを読み上げる。

金持ちの仕事ってのは人に会うことなんだなとつくづく思わされるくらい、毎日よくもこうスケジ

ユールが詰まるものだ。

執事という仕事は秘書も兼ねているんだと聞かされた時はなんとも思っていなかったけれど、実際やってみると正直何をどうしたらいいものかさっぱりわからない。

そりゃあお前には務まらないと反感を買うに決まっている。

それでも三宗を執事だと、他でもない香ノ木が決めてしまったのだからやるしかない。

二人のフットマンに調整してもらったスケジュールを読み上げるだけの木偶《でく》の坊《ぼう》だとしてもだ。

「日高さん、先日馬場の佐伯《さえき》さんから連絡がありました」

「馬場？」

今日のスケジュールをメモした加納が挙手して発言すると、三宗は思わず素っ頓狂な声を上げてしまった。

「香ノ木家が所有している馬場に、三頭の馬が飼育されているのですが……そろそろお越しになる時期かと」

「例年、時期は決まっているのですか」

慌てて手帳を開き、メモをする。

何しろ執事になってから一年も経っていなければ年中行事はわからないし、さらに数年に一回のルーティンだってあるだろう。覚えておかなければならないことはキリがない。三宗の手帳は既に書き込みがびっしりで、そろそろ二冊目も考えなければいけない時期にきていた。

「風景のよい若葉の季節と――」

「若葉の季節……」

三宗が手帳から顔を上げると、加納があっというように目を瞬かせて、咳払いをした。

そういう風流な言い回しが、どうにも三宗には苦手だ。

若葉の季節、なんて特別な言い方じゃないのかもしれないが、季節なんて暑いか寒いかくらいしか気にしたことがない。暑ければバイクを海に飛ばしたくなるし、寒くて雪が降れば雪合戦をしたくなる。その程度だ。

たぶんその感覚がこの屋敷の人間にわからないのと同じようなものだ。

「大体、五月頃でしょうか。それから暑さの落ち着いた……十月頃、そして今の時分ですね」

「なるほど、ありがとうございます。伺っておきます」

「よろしくお願いします」

三宗が澄ました顔で相変わらずの下手くそな字を手帳に残すと、奥の方に立っているキッチンメイドたちがひそひそと何か耳打ちしている様子が見えた。

もう慣れたものだ。

最初の頃に比べると嫌悪感よりも物珍しいものでも見られているような愛嬌《あいきょう》があるだけまだましだろう。

三宗は素知らぬ顔で手帳を閉じると顔を上げた。

「それでは、本日も一日よろしくお願いいたします」

以前なら口にしなかったような丁寧な言葉も、毎日申し送りのたびに口にしていれば馴染んでくる。

それでも中身が伴ってない以上、三宗は未《いま》だに執事の真似事をしているようにしか見えないのだろうけれど。


「ああ、もうそんな時期か」

昼食会の前、移動中の車の中で尋ねると香ノ木は懐中時計の盤面に刻まれた日付を確認して小さく肯いた。

「馬場では……馬の様子をご覧になるのですか？」

香ノ木の移動する車には専属の運転手がついている。白髪の目立つ枯れ枝のようなおじいさん運転手だが、まるで滑るように走るのでいつ車が発進したのか停車したのか、本気でわからないことがある。

後部座席と運転席の間にカーテンの仕切りはあるけれど、会話は筒抜けだ。三宗は言葉を選びながら、香ノ木に視線で訴えた。

馬場でなにすんのか、さっぱりわかんねェんだけど、と。

それが伝わったのかどうか、香ノ木のポーカーフェイスからはわからないけれど。

「馬は賢いから、たまに顔を見せないと主人に不満を覚えるんだ。……と、父は言っていたかな。だからできることなら、もっと会いに行ってやるべきなんだろうけど。私はなかなか時間を作るのが難しくて」

どうも伝わらなかったらしい。

ただ、時間ができたら会いに行くべきだということはわかった。

馬場は屋敷から車で二時間ほどかかる場所にあるので頻繁に行けないことはわかるけれど、気分転換にはなりそうだ。もし香ノ木の時間ができた時の選択肢として覚えておいてもいいかもしれない。

いわば、三宗にとってのバイクみたいなものだ。香ノ木の生活は本当に仕事が詰まってばかりで娯楽がないから気になっていたところだった。

「曾《そう》祖父が馬が好きでね。その時からなんとなく飼っているのだけど、もう遠乗りなんてなかなかできないし」

「遠乗りしてらしたんですか？」

それはなんだか楽しそうだ。三宗の目が自然と輝いたのかもしれない。香ノ木が微笑むように双眸を細めた。

「祖父の時代まではね。今は馬場の中で乗るだけだ。障害物を飛んだりはするかな」

馬といえば競馬くらいしか知らない。とはいえ、香ノ木が馬に跨《また》がっている姿を想像するだにいかにも王子様という様子になるのだろう。目に浮かぶようだ。

うんうんと勝手に想像しては一人で肯いた三宗に、ふと視線を止めた香ノ木が小さく声をあげた。間もなく、昼食会の会場であるホテルの駐車場に入ろうかという頃だ。

何か忘れ物でも、と――三宗でもあるまいし香ノ木が忘れ物などした試しはないのだけれど――尋ねようとすると、香ノ木が今度ははっきりと唇をほころばせて微笑んだ。

「そうだ、三宗も馬に乗ってみるといい」

名案だとでもいうかのように。

運転手のいる手前、乱暴に聞き返すこともできず三宗はただ顔を顰めて香ノ木の楽しそうな表情を眺めていることしかできなかった。

*　　　*　　　*

都心を離れ、約二時間。

三宗でも知っているくらい有名な避暑地の近くを、車は走っていく。

馬場を管理している佐伯という使用人から連絡があって、半月。なんとか休日を一日確保して、香ノ木と三宗は別邸へと向かっていた。

里井も随伴したそうにしていたけれど、香ノ木が招かないものを三宗がおいでというわけにもいかない。

フットマン二人には屋敷の留守番を頼み、結局二人きりで向かうことになった。

白樺《しらかば》の立ち並ぶ、ポストカードのような景色を通り過ぎると段々とコテージの姿も見えない林の中へと進んでいく。道でも間違ったのかと思うほど人気がなくなっていくものの、確かに道は舗装されている。車一台分のみだけれど。

一体どんなところに向かっているのかと不安に感じ始めた頃、突然視界が開けた。

「おぉ……！」

澄んだ空気に広がる瑞々《みずみず》しい景色、広々とした芝生となだらかな丘陵。

ここが日本だということを忘れそうな景色に三宗は思わず声を漏らしてしまった。

「ここからうちの敷地だよ」

知らず、車窓に釘付けになっていたのだろう三宗に、香ノ木がそっと教えてくれた。

マジか、と言いたいのをぐっと堪えて目を瞬かせ、もう一度窓の外を見る。

はるか遠く向こうに白壁のお城のような建物が見える。あれが別邸というわけか。年に三回ほど、それも近年はこうして無理やりに時間を作って数時間滞在することしかないというのだから、あのお城には久しく主《あるじ》がいないということになる。

「勿体《もったい》ねェ……」

口の中だけでもごもごとつぶやくと、香ノ木が少しだけ首を竦めた。

「こんなに早く後を継ぐとわかっていたら、学生時代の休みをこちらの屋敷で過ごしたかもしれないな。私もこの屋敷は気に入っているから」

主人になってしまった今となっては来たくても来られないというわけか。

別荘を持つというのがどういう感じなのか想像もできない三宗にはピンとこない悩みかもしれない。

ただ、三宗と同じ車窓から屋敷を臨む香ノ木が本当にこの別邸を気に入ってるんだろうことは視線の柔らかさで感じ取ることができた。


「当家の所有しておりますサラブレッドは栗毛《くりげ》、青毛、白毛が各一頭ずつ、すべてイギリスからの血統書付きをお預かりしております」

紹介された佐伯という使用人は目尻《めじり》の垂れた好々爺《こうこうや》といった風貌《ふうぼう》の男性で、いかにも田舎《いなか》の土臭い親しみやすさのある人だった。

何しろ三宗を執事だと紹介されても「さようでございますか」と言っただけでまったく驚いた様子も見せなかったのが、三宗を安心させた。

常ににこにこと笑っているような細い目が、三宗をちゃんと見ていないという可能性もある。と思いきや香ノ木が乗馬服に着替えるというなりテキパキと屋敷へ案内するものだから、唖然とした。

田舎のおじさんのようには見えていても、れっきとした使用人だ。三宗なんかよりよほど仕事ができる。

あっという間に燕尾の乗馬服に着替えた香ノ木は、柔らかそうな鞣《なめ》し革のブーツにスウェードの乗馬帽を着けていた。珍しく白いパンツを穿《は》き、片手に鞭《むち》を持った姿は男の三宗でも釘付けにさせられるような妖《あや》しさがある。

屋敷の外観、広大な景色も合わせてまるで本物の王子様だ。

「アレク！」

呆然《ぼうぜん》とした三宗をよそに、佐伯が突然大きな声をあげると一頭の馬が遠くから駆けてくる。

「！」

そもそも、馬なんて競馬場で遠くから眺めたことしかない。思わず声をあげそうになるのをぐっと堪えて三宗は駆け寄ってくる馬から後退った。

アレクと呼ばれて軽快な足取りで駆けてきた馬は白く、どことなく端正な顔立ちをしている――ように見える。馬の美醜なんてわからないけれど、それでもやっぱり気品のようなものを感じた。

「アレキサンダーっていうんだ。……アレク、私の執事だ」

低い声でいななきながらしっかり香ノ木の前で止まったアレクが、チラリと長い睫毛の隙間から三宗を見る。

馬は賢いからビビっているとそれが伝わる、っていうのはなんとなく聞いたことがある。

それが正しいのかどうかはわからないが、馬も喧嘩も同じだ。舐められたら終わりだと思えばわかりやすい。

「初めまして、日高三宗と申します」

背筋を伸ばして、人間に接するのと同じくらい――あるいはそれ以上に毅然《きぜん》として名乗る。

アレクはというと、白馬だからだろうか、やたらと気高い雰囲気で三宗をしばらく見下ろしていてからふいと顔を背けた。

「日高様は乗馬経験はお有りでいらっしゃいますか？」

三宗を無視して香ノ木の伸ばした掌に鼻先を寄せているアレクに少なからずショックを受けていると、佐伯に尋ねられて三宗は苦笑して首を振った。

「いいえ」

「さようでございますか。随分と馬への態度がしっかりしていらっしゃるから、てっきりご経験者かと」

「はは、ありがとう存じます。そう仰っていただけると自信になります」

佐伯は馬のスペシャリストだと聞いているから、その人にそう思われたっていうのは自慢できることだろう。三宗は素直に喜んで、頭を下げた。

確かに馬は体も大きいし怖いと思っていたけれど、香ノ木に甘えたように懐いている姿を見ると微笑ましい。

「三宗も乗せたいんだが、ヘレンはどうだろう」

アレクに頬ずりをされながら慣れた手つきで肩のあたりを撫でてやっている香ノ木が言うと、佐伯がただでさえも糸のように細い目を細め、腰をしならせて大きく肯いた。

「それは良うございます。ヘレンは美男子に目がありませんから」

美男子、と言われて三宗は反射的に香ノ木を見て納得した。

ヘレンというのは牝馬《ひんば》なんだろう、で、面食いだと。それに三宗が乗馬する――と、そこまで考えてようやく、周回遅れで首をひねった。

しかしその頃には既に佐伯は厩舎《きゅうしゃ》にヘレンという馬を迎えに行っていて、香ノ木もアレクに跨るところだった。

「よ、……っよろしいのですか？　私が、その」

佐伯がいつ戻ってくるかわからない。厩舎はすぐそこだし、ヘレンのものらしき足音が今にも聞こえてきそうな距離だ。

本当なら「美男子って」と突っ込みたいところだけれどかろうじて口調を抑えて香ノ木を仰ぐと、馬上のはるか高いところから香ノ木が三宗を見下ろした。

「本来燕尾服は乗馬用の正装だ。問題ないだろう」

「いえ、あの……」

そうじゃなくて、と言いたい気持ちをぐっと堪えると、香ノ木が顎先を震わせた。

表情はいつもどおり変わらないけれど、何故だかその顔が不機嫌そうに見えて三宗はたじろいだ。眉を顰めるのでもなく、ため息を吐くのでもない。香ノ木が機嫌を悪くしたところなど見たこともなければそうされる場面でもないはずなのにどうしてそう感じたのかはわからない。

仕事の席で香ノ木が不敵な気配を感じさせることはあっても、怒っていると感じたことはなかった。だけど今は、何となくそう感じた。

三宗を馬に乗せるつもりで来たのに土壇場でビビっていると思われたからといって、不機嫌になられる理由はない。

「大丈夫だ。私が一から教える。佐伯には席を外してもらおう」

白馬に毅然と跨って手綱を握る香ノ木の凜とした物言いは、思わずぽかんと見惚れてしまうくらいに美しい。

別に佐伯に教えてもらっても香ノ木に教えてもらってもどちらも安心だし心配はしていない。そういうことじゃないし、なんだか不機嫌なようだし、よくわからない。

「光栄でございます。よろしくお願いいたします」

とはいえ主人自ら乗馬を教えてくれるというんだから執事としては嬉しいことだ。里井が見たらまた不評を買うんだろうけれど。

「日高様、お待たせいたしました」

顔を背けてその場で馬を周回させ始めた香ノ木の不機嫌の理由——正確にはどうして不機嫌そうに

見えるのかを考えているうちに、佐伯が黒い馬を引いてきた。

牝馬だと思っていたから香ノ木の乗っているアレクより一回りくらい小さいかと思っていたけれど、とんでもない。

立派な体格で、黒々とした毛並みがいかにも強そうな馬がやってきた。

「こちらがヘレンでございます。まだ三歳になったばかりですが性格はおとなしく、懐きやすい子です」

「ど、どうも……」

思わず圧倒されて、口ごもる。

香ノ木はさらりと乗っていたけれど、自分がこれに跨ると考えたらなかなかどうして想像がつかない。

驚くほど背中が高い位置にある。とにかくデカい。目も鼻も耳も、すべてが。

「ヘレン、初めまして」

それでも毅然とした態度が重要なんだと腹を決めて声をかけると、濡れたような黒い瞳が優しげに瞬いてこちらを向いた。

「おお、やはりお気に召したようです」

佐伯が嬉しそうに言うと、アレクの足を止めた香ノ木がひらりと馬上から降りてきた。乗った時同様、いとも簡単に。

「佐伯、下がっていい。後は私が教える」

「えっ？」

加齢のためにまぶたが垂れ下がって糸のように細かった佐伯の目が、チラリと垣間見えた。それくらい驚いて、目を瞠ったということだろう。そんなに驚くようなことなんだろうか。

「同じことを二度言わせるな」

やはり、香ノ木は不機嫌そうに見える。

そのことに佐伯も気付いたようだった。そしてやっぱりそのことに驚いているようだ。

戸惑いがちに挨拶をして踵を返した佐伯の様子が気にかかるけれど、今はいつもの能面顔に拍車をかけて強張った表情をしている香ノ木が問題だ。

「……俺、なんかした？」

佐伯の背中が厩舎の向こうに消えたのをしっかりと確認してからそっと傍らの香ノ木を窺う。

アレクも空気を察しているのか香ノ木に鼻先を擦り寄せることなく、ヘレンといななき合っている。

「何か、とは？」

「いや、知らねェけど。なんか怒ってんのかと思って」

悪いことをしたなら謝るけれど、思い当たるふしがない。鞭を手にして伏し目がちに立っている香ノ木の顔を覗き込むと、ぴくり、とその眉が動いた。

「――……いや、何も」

「何もって感じじゃねェから言ってんだろ」

「いや、もういいんだ」

「はァ？」

思わず高い声をあげると、ヘレンがこちらを向いた。

香ノ木もそれに気付いてヘレンの手綱を取ると三宗に差し出してくる。思わず受け取ってしまったものの、実際に太くガッチリした手綱を握ってみると緊張してくる。

自分の人生で乗馬する機会があるなんて考えたことはなかったし、香ノ木が乗っているのを目の当たりにしてもおとぎ話の王子様が軽やかに乗っているだけのように見えた。しかし実際触れると手綱はゴツゴツとしていて、いかにも命綱、という感じだ。

「佐伯がいては三宗との時間が削られるからな」

手綱を手にしてヘレンと暫《しば》し見つめ合っていると、独り言のような香ノ木のつぶやきが聞こえてきて三宗はぎょっとした。

「は？　ンだそれ」

「以前も言っただろう？　三宗と話している時が好きなんだ」

何だこいつ、と思ったことがそのまま口から飛び出てきそうで、それを噤むとやたらと自分の鼓動が気になった。

金持ちのお坊ちゃんはこういうことを平気で言えるのかと思わず顔を顰めたくなる。その顔もなんだか血が上ったように熱い。

「べつに、佐伯さんがいても俺が無視してたわけじゃねェじゃん」

思わず口を尖らせて弁明めいたことを口にすると、自分たちの会話のくだらなさに脱力感を覚える。

今時、恋人ごっこをする中学生だってこんなやりとりをしないだろう。まるで――嫉妬《しっと》されているみたいだ。

「！」

嫉妬、という発想に自分で驚いて思わずヘレンの首筋に顔を埋《うず》める。

ヘレンは本当におとなしくていい子なんだろう、突然抱きついてきた三宗に鼻先を寄せて喜んでくれた。

「いっそ無視してくれたほうが良かったのかもしれないな」

「は？　何言ってんだアンタ。俺と話したくねーってこと？」

ヘレンの温かい首筋に埋めた顔から視線だけを香ノ木に向けて、必要以上に嚙み付くような口調で言い返す。そんなに過剰反応する自分もなんだかおかしい。

とはいえ、執事として主人が無視されたいというなら自分は必要ないのかと思ってショックも受けるだろう。そういうことだ。深い意味はない。深い意味ってなんだ。

「そうじゃない。……ただ、執事ならば私を無視したりはしないだろう？」

穏やかにそう言って手を伸ばした香ノ木は、もう怒っていないようだ。

べつに表情はさっきと一ミリも変わらないのに、そう感じる。

伸ばされた手が自分の頭を撫でるのかと少し首を竦めたけれど、手袋をつけた香ノ木の手はヘレンの鼻へと向かってしまった。

なんだか、調子が狂う。

三宗は大きくため息を吐いて、もう一度ヘレンの短い毛に顔を埋めた。

「まあ、そりゃ。ご主人サマを無視したりはしないだろ」

「そう。三宗は本当にいい執事に育ってくれたからな」

そんなことを言うのは香ノ木だけだ。

加納も里井も毎日、もう限界だというような顔をして三宗のサポートをしてくれている。

もっとも、香ノ木が三宗を執事にしたのだからいい執事だと思っていなければさっさと解雇されるだけのことだ。認められなかったからといってべつに三宗が落ち込むようなことではないのだけれど
——褒められれば、それは素直に嬉しい。

「……じゃあなんで俺が怒られたんだよ」

いい執事なら、褒められ誇られこそすれ不機嫌になられる理由はない。

一周回って首をひねった三宗が再度顔を上げて香ノ木を振り返ると、ぽん、とその頭に掌が落ちてきた。

「もう怒ってない」

手袋を嵌《は》めた香ノ木の手が三宗の頭を撫でると、どんな顔をしていいかわからない。なんだかまるで子供をあやしているようだ。

結局なんで怒られていたのかもわからないのに、香ノ木がふと双眸を細めて微笑むと、まあいいかと思えてきてしまっている自分に気付く。

返す言葉が見つからなくて頭を撫でる香ノ木の手を振り払おうとすると、その前にヘレンの鼻面が割り込んできた。

「ああ、今度はヘレンがやきもちを焼いてしまったみたいだ。じゃあそろそろ、レッスンを始めようか」

自分で振り払おうとした手をヘレンに押し退けられてしまうと、それはそれでなんとなく残念な気持ちになる。

とはいえ、ようやく香ノ木が踵を返してアレクに向いてくれると少しホッとしたような気もした。自分でもよくわからない。

三宗は速くなった鼓動を香ノ木に悟られないように努めて平静を装って深く息を吐くと、さっきまで香ノ木に撫でられていたヘレンの鼻筋に触れた。

「次は軽速歩《けいはやあし》に挑戦してみようか」

実際、馬に乗ってみると視界が高くなって風が気持ちいい。

鞍《くら》の上は想像していたよりも座り心地が悪いけれど、友好的なヘレンのおかげですぐに常歩《なみあし》はマスターできた。

生き物に乗る、ということ自体今までの人生で経験がない。バイクとは違う温かさは、心が通い合うような安心感がある。

「軽速歩？」

「こうやって……馬とリズムを合わせて、鞍の上で立ったり座ったりするんだ。姿勢に気をつけて」

平地に馬をトットッと歩かせながら、香ノ木の体がリズミカルに上下する。

なるほど確かに馬の歩調とタイミングが合っていて、常歩よりスピードも出ている。

「鐙《あぶみ》を踏む時に、間違えて馬のお腹《なか》を蹴らないように。慣れれば、これが一番楽に長時間乗れる」

三宗とヘレンの周りを速歩で回りながら、香ノ木が声を張る。華奢《きゃしゃ》な体でこんなに大きな声が出るのかと少し意外なくらいだ。

しかし実際馬に乗ってみると姿勢を保っているだけでも腹筋や背筋に力が入るし、馬の歩調に合わせて立ったり座ったりしてみようとするとどうにも足を乗せている鐙がぐらつく。

それに、速歩を続けさせようとお腹に合図を送ることも止めてはならないしと、なかなか全身運動だ。

スラリとしたスタイルの香ノ木が急にたくましく思えてきて、妙に張り合いたくなってくる。

「立ち上がる時は後ろに踏み込んで……そう。私の合図に合わせて立ってみて。一、二、一、二……」

三宗の様子を見ながら巧みに手綱を操って、まさに人馬一体という表現がぴったりなくらい自由にアレクを動かす香ノ木に負けん気が発動して、三宗はじわりと汗ばんだ手で手綱を握り直した。

「いち、……にっ」

「そう、上手。やっぱり三宗は筋がいい」

ちょっと鐙に立ち上がっただけで、ヘレンにも気を遣われ——というか腹に脚を入れることができなくて戸惑われてるというほうが正しいかもしれない——常歩よりも速度が落ちているというのに、香ノ木はなんだか嬉しそうにしている。

「もう少し、腰を反らして——お腹を前に出すような感じで、弾みをつけるといい。アレクの歩調に合わせてみよう。一、二、一、二」

上体を反らし、鐙を後ろに引く。ヘレンの腹を蹴らないようにして、だけど速歩の合図だけは入れて……アレクの芝生を踏む足音を隣に聞きながら、三宗は香ノ木のリズムに合わせて体を揺らした。

一度テンポが合うと、面白いくらいに立ち上がりやすい。

むしろ、常歩よりも乗りやすいと感じるくらいだ。尻も痛くないし、確かにこれなら長時間の乗馬も苦じゃないかもしれない。ヘレンもどことなく楽しそうだし、速度がどんどん上がっていく。

「上手だね、三宗。体幹がしっかりしているからバランス取りが上手《うま》いんだろう。何かスポーツをしていた？」

「いや、……ケンカくらいしか」

香ノ木は馬上の三宗の顔を覗き込んでくる余裕があるけれど、三宗はまだ進行方向とヘレンの頭を合わせることで精一杯だ。

それでも並走して丘陵に向かい、スピードを上げていくとなんともいえない開放感がある。風は冷たいし、ふくらはぎも攣りそうだ。今は大丈夫でも、夜には筋肉痛で七転八倒する羽目になるかもしれない。そう思いながら、馬を止めることができない。

「なぁ、これってどのへんまでアンタんち？　まだイケんの？」

見渡す限り、門や柵《さく》のようなものは見えない。ただ少し高台に登ると遠くに来るまで通り抜けてきた白樺の林が見えて、そこまでは馬を走らせることができそうだ。

「じゃあ、ぐるっと一周してみようか」

馬上で体を弾ませているせいだろうか、香ノ木の声もいつもより軽やかにはしゃいでいるように聞こえて、三宗まで子供みたいに高揚してくる。

これは確かに楽しいし、うっかりするとハマりそうだ。

とはいえ本来なら執事が乗るものじゃないんだろうし、執事でもやっていなければ乗馬するような機会が人生にあったとは思えない。

だとしたら、この機会を目一杯楽しまなきゃ損だ。

「駈歩《かけあし》も練習してみるか？　三宗ならできそうだ」

三宗が夢中になっているのは隣の香ノ木にも伝わっているんだろう。いつも以上に頬をほころばせた香ノ木の表情は、何だか蕩《とろ》けてしまいそうなくらいに柔らかく見える。いつもが硬いだけに。

香ノ木が自分の隣であけすけにそんな表情をしているというだけで、三宗も楽しさが増してくるから不思議だ。

「駈歩？　もっと速くなるってことだろ？」

ようやく軽速歩に慣れてきたところだっていうのに、どこぞの暴れん坊な将軍のように馬を走らせることができるだろうか。

何しろ馬の速さっていうのが、実際に乗っているとはたから見ているよりもずっと速く感じる。

「怖い？」

躊躇した三宗を察した香ノ木が、馬をピタリと寄せて流し目を寄越してくる。

長い睫毛を半分落とした挑戦的な目つきは腹が立つほど妖しげで、正直息が止まるかと思った。

「っ、……怖いワケ、ねェだろ」

バイクも馬も、大して変わらない。

上手くできるか、ヘレンに負担をかけないかという心配こそあっても怖いというのとは違う。

ただ威勢よく言い返すことができなかったのはひとえに香ノ木のせいだ。

さっきまで意味もわからず機嫌を損ねていたかと思えば今は見たこともないくらいはしゃいだ様子を見せて、急に三宗を挑発までしてくる。

三宗が望んでなったわけではないとはいえ香ノ木は主人で、自分は執事だっていうのに。

こんなの、めちゃくちゃ楽しくて仕方がない。

「じゃあ、駈歩の練習だ。今までとは体の揺れ方が大きく違うから気をつけて。まず脚を……」

乗馬のことなんて今の今まで興味を持ったこともなかったけれど、乗ってみて楽しいからというのもあるし――何よりも香ノ木がこんなに楽しそうにするなんて思ってもみなかったから、もっと知りたいと思ってしまう。

大事なのは姿勢と、手綱さばき。それから、鐙の操作。馬に支配されず、だけど乗せてもらっているという敬意は忘れずに。

「まずは私が駈けてみるから。見ていて」

ヘレンの首元を撫でて、常歩に戻る。

と同時に香ノ木が短く声を上げて、アレクの手綱を緩めると右足で軽く腹を叩《たた》いた。瞬間、アレクが嬉しそうに飛び出す。

香ノ木の手本の駈歩を見ると本当にキラキラとして、さっきまで見慣れてしまっていた芝生が瑞々しく輝いて見える。アレクの足が伸びやかに走りまわり、そのままどこまでも駈けていってしまいそうだ。

「――……」

思わず、手綱を持つ手が震える。

香ノ木がそのままどこか手の届かないところに行ってしまいそうな気がした。そもそも、手が届く相手でもないのに。

葵。

そう呼びかけようとして、慌てて飲み込む。

屋敷の使用人たちは香ノ木のことを主人と呼ばずに葵様と呼ぶけれど、三宗はどうしても「主人」の名前をそう呼ぶ気にはなれなかった。

主人は、主人だ。自分が執事の時は香ノ木家の後継ぎじゃなくて、たった一人の主人として接したい。

だけどこうして二人きりで、香ノ木がリラックスしている時は——自分は香ノ木の、なんなんだろう。

「三宗」

香ノ木が遠くで方向を変え、またこちらへ駈歩で戻ってくるようだ。

少し、ホッとした。

厩舎は三宗の背後にあるのだし、まさか本当に置いて行かれるだとかどこかに行ってしまうだなんて考えたわけではないけれど。香ノ木がこちらを向くと、安心する。

「どうだ、できそう？」

遠くに駈けていった時よりも、戻ってくる時のほうが早く感じた。それが三宗の体感なのか、あるいは香ノ木が実際早く駈けてきたのかは知らない。三宗の手前で手綱を引き、アレクを止まらせた香ノ木の技術に感心しながら三宗は首を竦めた。

「すげェ揺れんだな」

「少しずつ速度を上げてみよう。大丈夫、三宗ならすぐに慣れる」

「何その買いかぶり」

苦笑を漏らして、ヘレンの首を撫でる。短く鼻を鳴らしたヘレンが、三宗に応じてくれたように感じた。

「買いかぶってるんじゃない、正当な予測だ。じゃあまずは姿勢を正して、リラックスして。体を突っ張らないように。それから手綱を緩めて――」

香ノ木の声に、身を任せる。

淡々とした香ノ木の口調がいつもよりも優しく聞こえて、少し催眠術にかかっているような気分だ。三宗の飲み込みが早いだとか乗馬に向いてるなんてとても思えないけれど、香ノ木の言うとおりにすればうまくいくという確信めいた安心感がある。

あとは、ヘレンにゴーの合図をするだけ、という時だった。

「！」

一瞬、何が起こったのかわからなかった。

こういう時、本当に世界がスローモーションに見えるものだ。

さっきまでリラックスしていたはずのヘレンが大きくいなないたかと思うと急に前肢をあげて頭を激しく左右に振りかぶった。

「三宗！」

悲鳴にも似た香ノ木の声が聞こえたけれど、顔が見えない。

頬に冷たいカミソリをあてがわれたような緊張感が走って、気付くとヘレンが駆け出していた。

「ッ、ちょ……、な、に」

ヘレンが強く土を蹴り、跳ねるように前肢と後肢を暴れさせながらめちゃくちゃに進んでいく。振り落とされる。

ぞおっとしたものが背筋を走って、手綱を強く引いた。

「ダメだ！　体を倒して！　首にしがみつくんだ」

香ノ木の声が聞こえる。余裕のない、怒鳴っているかのような叫び声。香ノ木の姿を振り返りたくても鞍から滑り落ちまいとするのが精一杯で、目をぎゅっと瞑って言われた通り首にしがみつく。

ヘレンの息遣いが明らかに激しく、普通じゃない。何が起こったのか未だに理解できないまま、嫌な想像が頭の中を濁流のように駆け巡った。

落馬して打ちどころが悪いか、あるいは落ちたところを運悪く踏みつけられてしまうか――どちらにしても、無事でいられるような気がしない。

ヘレンの悲痛ないななきが割れんばかりに響いて、もう香ノ木の声も聞こえなくなった。

めちゃくちゃに走り出したヘレンが香ノ木から遠ざかってしまったのかもしれない。

さっき、遠くに駆けていった香ノ木の背中を見ていた時よりもずっと恐ろしい不安に苛《さいな》まれて三宗は奥歯を食いしばった。

きっと、殴られるよりもずっとひどい目に遭うだろう——そう、覚悟をした時。

「ヘレン！」

急に、隣で香ノ木の声が聞こえた。

縋《すが》るように握っていた手綱を引かれた気がしてとっさに目を開くとアレクの白い毛が目に飛び込んでくる。

ぶるるっとヘレンが声をあげた。

「そう、落ち着いて。……いい子だ。大丈夫」

香ノ木の深い声が、すぐ近くで聞こえる。

ヘレンの跳ね上がった鼓動が徐々に落ち着いてきているのが、抱きついた首筋でわかった。

「もう少し、そのままで」

自分に言われたのか、ヘレンに言っているのかわからない。ただ次の瞬間三宗の上に影がおぶさってきて、鞍の重心が変わった。

「——……」

呆然として顔を上げると、目の前を無人のアレクが走っていく。

代わりに、背後から手綱を握る二本の腕が見えた。

「……葵、」

さっき飲み込んだ名前を、思わずつぶやく。

振り返った香ノ木は、いつも通りのポーカーフェイスだ。さっきまで怒鳴るような声をあげていた人とは思えない。

「耳に虫が入ったのかもしれない。それで、驚いてしまったんだ」

香ノ木に促されて鐙を譲り渡すと、ゆっくりとした軽速歩に移行したヘレンの様子が通常に戻っていく。

暴れていたことなんて嘘みたいに。

冷たいものが走った三宗の背中には香ノ木の体温があって、馬場の空気は相変わらず穏やかなものだ。

「……、びっくりした」

このヘレンが暴れたなんて、実際にあったことなんだっただろうか。もしかしたら三宗が緊張しすぎたせいで大袈裟に感じて、悪い想像を働かせすぎただけかもしれない。

なんだか狐につままれたような気分で独りごちると、香ノ木の手綱を握った手が片方離れて、三宗の頭を撫でた。

めれた。

三宗が慌てて背後の香ノ木を振り返ろうとすると、頭を撫で下ろした手でぎゅっと後ろから抱きしめられた。


「すまない」

「いや、べつにアンタが謝るようなことじゃ――」

馬が驚くなんて、予測できることじゃないし。

三宗が慌てて背後の香ノ木を振り返ろうとすると、頭を撫で下ろした手でぎゅっと後ろから抱きしめられた。

「……！」

きつく、抱きすくめられたと言ってもいいかもしれない。

香ノ木の吐息を首筋に感じて三宗は思わず喉を鳴らした。

「最初からこうしておけばよかったんだ。乗馬に慣れていたって、何が起こるかなんてわからないんだから」

それは確かにそうなのかもしれない。

競馬のジョッキーだって落馬することはあるし、車やバイクだって不慮の事故というものはある。

香ノ木が最初から同乗していたって虫に驚くのは避けられなかっただろう。

「や、でも……アンタのおかげで、助かったし」

香ノ木がいなければ、きっとさっさと馬上から放り出されて怪我していたか、運が悪ければもっと悲惨な目に遭っていたに違いない。

パニックになっても香ノ木の冷静な声のおかげで助かったし、実際、こうして馬を乗り移ってきてくれるなんて香ノ木じゃなければできなかっただろう。

「助けられたの、これで二度目だな」

情けねェ話だけど、と努めて明るい声をあげて場を和ませようとすると三宗を抱く腕がぎゅっと強くなった。

香ノ木のさらさらとした髪の感触を首筋に感じる。

背後にピタリと押し付けられた香ノ木の胸が大きく息を吸って、それから深い安堵のため息を吐いた。

「――……無事で、良かった」

絞り出すような香ノ木の声は、今までのどんな声よりも悲痛に聞こえた。聞き返すのが躊躇《ためら》われるくらいにか細く、震えているようにすら感じる。

「お、大袈裟だろ」

決して大袈裟じゃないことはわかっていても、こうして無事でいられるからこそ、三宗はぎこちなく笑ってみせたけれど。

三宗の燕尾を握りしめた香ノ木の手が実際に微かに震えていることに気付くとそれ以上何も言えなくなってしまった。

「三宗まで失うかと思った……」

首筋に埋められた香ノ木の唇が囁くようにつぶやく。

背後から抱きしめる腕は三宗の体にきつく食い込んで、痛いくらいに感じた。

「明日は九時から森下《もりした》先生の後援会、十一時に銀座《ぎんざ》で会議……えーと、午後は十四時から……」

二度噛み殺したあくびが、堪えきれずに出てきた。

馬場を出たのが日の暮れる十七時、途中で夕食を摂《と》って屋敷に戻ったのは二十一時を回っていて、加納にも里井にもやんわりと心配しましたよと釘を刺された。

馬場に行くとは言っても今日丸一日仕事がなかったわけではないし、本当なら十七時には屋敷に戻っているはずだった。

つい乗馬が楽しくて長居してしまったのが原因だし、香ノ木が渋る様子を見せても帰るぞとケツを叩くのが執事の仕事だったに違いない。

とはいえ、加納や里井からしてみたら「葵様」が屋敷に戻るのを渋るなんてことが有り得ないことなのかもしれない。

でも実際、三宗があの後何度ももう帰る時間だと言っても馬から下ろしてくれなかったのは香ノ木自身だ。

いくら言っても三宗の言うことは信じてもらえないだろうし、別に言うつもりもないけれど。

「眠い？」

入浴も済ませた香ノ木は髪の毛をしっとりと湿らせて、既にシルクのパジャマを着ている。

明日の予定を尋ねられたから読み上げているけれど、どうせ明日も確認されることだ。三宗は素直に肯いて、首をぐるりと回した。

「眠いし、体もバッキバキだ」

思えば、執事を始めてからろくに運動もしてない。

それを急に乗馬なんてしたものだから全身の筋肉が悲鳴を上げている。股関節《こかんせつ》なんて以前だってこんなに鍛えられたことはないと言うほど酷使されて軋むようだし、ケツも痛い。

「アンタは？　眠くねェの」

香ノ木だって三宗と大して変わらない生活を送っているはずなのに。

乗馬に慣れてはいても年に三回くらいしか行かないというなら筋肉痛になっていたっておかしくはない。

手にしていた手帳から香ノ木に視線を移して窺うと、心なしか香ノ木のまぶたも重そうに見えた。

「うん……そうだね」

そう言う声が既に眠たそうだ。

文字通り絵に描いたような容姿と鉄仮面のようなポーカーフェイスが常の香ノ木のこんなに眠たそうな様子を見るのはなかなかレアだ。

執事としてこの数ヶ月、それなりに香ノ木と密接に過ごすことを余儀なくされているけれどこんなに気怠《けだる》げな姿を見たことがない。

「お、じゃあ今なら出るんじゃねェの。あくび」

三宗がいつかの会話を思い出して期待に目を輝かせると、香ノ木があっと声をあげて目を瞬かせた。

「いや、逆に覚醒《かくせい》しちゃだめじゃん」

期待のあまり、眠気が去ってしまうなんて子供か。

香ノ木の無邪気な反応に三宗が思わず噴き出すと、香ノ木も頬を緩めた。

「じゃあ、アンタも早く寝ろよ。明日も忙しいんだしさ。スケジュールはまた明日な」

手帳を閉じて、伸びをする。

三宗はこれから入浴して食器の確認だけはしないと眠れない。

それも香ノ木家の古いしきたりで、今は時代錯誤的だと香ノ木は言うけれど加納以下使用人がそれにとらわれている以上三宗が無視するわけにもいかない。

「三宗」

頭上に伸ばした腕を勢いよく下ろして踵を返そうとすると、香ノ木に呼び止められる。

自室のカウチに深く腰掛けた香ノ木に視線を戻すと、スラリとした腕が、こちらに伸ばされている。

昼間、その腕に痛いくらい抱きしめられたことが思わず脳裏をよぎった。

こんなに細く見えるのに、あの時ばかりは頼もしくたくましく感じたし、実際驚くほど強い力だった。

「……ンだよ」

「ベッドまで連れて行ってくれないか」

半分落ちたまぶたは、眠さのせいじゃないだろう。その証拠に唇が笑みを浮かべている。

これは、三宗をおもちゃにしている時の顔だ。

「はァ？　ガキかよ」

その腕に抱きすくめられたことを思い出してしまったせいで、つい大袈裟に呆《あき》れ返った声を上げて
三宗は天井を仰いだ。

「逆だよ。三宗よりは老体だから、くたびれて動けないんだ」

「よく言うよ」

とても足腰が立たないほど疲れ切ってる人間の顔じゃない。

どちらかというと疲れているのは三宗のほうだけれど、助けてもらった恩もある。それに今は二人きりだとはいえ執事として雇われていることには変わりない。

深いため息を吐きながら仕方ないという態度をあらわにして歩み寄ると、香ノ木が両腕を広げて待っている。

「何、抱っこして連れてけって？　ムリだろ」

返ってきたのは笑い声だけだ。まさか本当にそういうつもりじゃないだろう。

とはいえ、じゃあどうやってベッドまで連れて行かせるつもりだろうか。負ぶるか、引きずるか。

手を引いて歩くだけならば別に三宗は要《い》らないだろう。

とりあえず無防備に伸ばされた腕の片方を掴んで、どうしたものかと香ノ木の顔を窺うとそのグレイがかった目と視線があった。

「――……昼間のこと、気にしてんの？」

無意識のうちに口をついて出てきた言葉に自分でも驚いた。

香ノ木がこんな子供じみた真似をするなんてどう考えてもおかしい。明日のスケジュールだって、別に今読み上げる必要はなかった。入浴後に仕事を言いつけられることなんてこの屋敷に来てから一度もなかったし、三宗が眠そうにしていたらいつもの香ノ木なら部屋に帰してくれていたはずだ。

昼間のことなんて、三宗はほとんど忘れていた。

だけど三宗をからかっているはずの香ノ木の目が寂しそうに陰っているような気がして。

「別に俺は、こうしてピンピンしてるけど？　アンタのおかげでかすり傷ひとつないし」

掴んだ手を握り直そうとすると、香ノ木から指を絡めてきた。

その指先が驚くほど冷たくて、三宗は思わずもう一方の手を添えた。入浴後だっていうのに冷たすぎる。

「本当に……三宗を守れて良かった。――両親のことは、救えなかったから」

「！」

考えるより先に、ギクリと肩が震えた。

三宗から視線を伏せて表情をなくした香ノ木のほうが消えてなくなりそうで、握った手に力を込める。

香ノ木の両親は五年前に交通事故で——一度に二人とも喪っている。

日本中のニュースになったその事実を初めて香ノ木自身の口から聞かされた時はまだこの能面みたいな顔の表情はわかりにくかったけれど、今は違う。

三宗は香ノ木の手を強く握ったままカウチのそばにしゃがみ込むと、香ノ木の顔を覗き込んだ。

「しょうがねェよ、事故だったんだから。アンタがどうこうすることはできなかっただろ。むしろアンタがこうして後を継いで立派に当主やってんだから、オヤジさんだって浮かばれてんじゃねェの？」

女なんかが泣き出したら面倒くさいと思うのが三宗の常だった。だけど、香ノ木が泣いたら——どう感じるかは、わからない。わからないけれど、顔を背けたいとも思わなかった。

伏せられた香ノ木の顔は影で暗くなって、まさかとは思うけれど泣いてしまわないかと心配になる。

長い睫毛が涙に濡れたりしていないかと覗き込んで、握った手を揺らす。

香ノ木の薄い頬が、微かに震えたのが見えた。

やっぱり泣くのかと思ったけれど、どうやらそうじゃない。三宗の視線に応じようとでもしているのか、少しだけ首をもたげて唇を震わせる。

——らしくない。

香ノ木は、笑ってみせようとしているみたいだった。

いつも能面みたいな顔してるくせに。

「……三宗は、私のことが怖くないんだな」

結局、頬を引き攣らせただけで諦めたように顔を背けた香ノ木が小さくつぶやいた。

三宗に聞こえなくても構わないと思っているのか、低くくぐもった声だった。

「は？　アンタが怖い？　なんで」

指を絡めるように繋いだ香ノ木の手がほどかれそうになって、三宗はわざと痛いくらいに力を込めて返した。本当に痛かったかもしれない、香ノ木が眉をピクリと震わせてうつむく。

「もしかして忘れたのか？　俺はやくざ者だったんだ。アンタなんか怖いわけねェだろ。……まー金だの権力だのが怖いってやくざもいるんだろうけど、俺はバカだから、ンなこたよくわかんねェ。俺はアンタと喧嘩したら勝てんだろ。だから別に、怖くねェよ」

もっとも、三宗が香ノ木と喧嘩することなんてありえない。

二度も命を助けてくれた恩人に手を上げるなんてことは、三宗は絶対にしない。

そもそも喧嘩をしたら勝てるなんて言ったけれど本音のところじゃそんなこと思いもしてない。なにしろこのきれいな顔を自分の拳で汚すなんて場面がまったく想像できないんだから。

三宗が執事じゃなくても、たとえどんな風に出会ってどんな関係だったとしても、香ノ木のために喧嘩することはあっても香ノ木をぶちのめしたいなんて思うことは絶対にない。そんな気がした。

「人はよく私を怖いと言う。……それから気味が悪い、とも」

「は？　アンタのどこが気持ち悪ィって？」

あまりにも突拍子のない発言にきょとんとして三宗が声を裏返すと、香ノ木が困ったように目を眇めた。

「まるで人形のように、笑いも、怒りも、焦りもしないから。人のような感情がないのだろうと。作り物のように――だから、両親を喪っても涙ひとつ零《こぼ》さないんだろう、と」

淡々とした口調でつぶやいた香ノ木の澄んだ目は確かにガラス玉のようにきれいで、頬も滑らかで傷ひとつない。この艶やかな髪が自然に伸びるんだろうかと不思議に感じるくらい、香ノ木は本当に作り物めいた美しさがある。それは、三宗が毎日何時間も見つめているのに未だにそう感じるんだから誰が見たって同じように思うだろう。

だけど。

「いや、アンタが泣いたかどうかは知んねーけどさ。アンタが人形だとか、俺は思わないけど」

香ノ木が睫毛を揺らして、三宗を振り向いた。

血の気のない唇は確かに呼吸しているとも思いにくいし、白い頬にも血の気がない。冷たい手も、三宗が握っているからやっと温かくなってきたくらい、ちょっと心配になるようなところがある香ノ木だけれど。

「アンタ普通に笑うじゃん？　アンタが実は人形でしたって言われたほうが俺はビビるけど」

香ノ木は人形じゃない。

最初のうちならそう言う人の気持ちも多少はわかったかもしれないけれど、今となってはむしろ人形だと思うほうが難しいくらいだ。

「めちゃくちゃ笑うしさ、怒るしさ、俺がヤバい目に遭ったら焦ったじゃん？　俺からしてみたら、アンタのどこが人形なのって感じ」

「――……、」

唇を薄く開いたまま、ぽかんとした表情でこちらを見ている香ノ木にも、普通に表情がある。

確かに仕事をしている時の香ノ木は相変わらず能面だか人形だか鉄仮面だか、とにかく近寄りがたい印象がある。だけどそれを言うなら三宗だって仕事の時は執事らしくしているつもりだ。まだ至らないところはあるけれどそれは年季の違いだし、人には誰だって使い分ける顔があるんだろう。

「俺もさ、父親は元々わかんねェんだけど、母親が二十歳くらいの時に死んでんだ。病気で」

瞬きさえ忘れてしまったように三宗の顔を見つめて硬直してしまった香ノ木の手をぽんぽんと宥《なだ》めるように撫でながら、三宗はカウチの下の床に腰を下ろした。

「ウチは病気だったから覚悟もできてたし、死に目にも会えた。……けど、アンタは突然だったもんな。こんなデカい屋敷も継がなきゃいけなかったしさ」

使用人だって、親の代から引き続き雇っている人ばかりだ。

両親の時代を知っている使用人から、今の主人は自分だと認められたいという焦りもあるだろう。

どこか呆然としたような香ノ木に、気付けば三宗は腕を伸ばしていた。

「めちゃくちゃ大変だったよな。そりゃ泣く暇もなかっただろうし、泣けるような場所もなかっただろ？」

香ノ木の細い髪に触れて、そのままそっと頭を抱き寄せる。

カウチに深く凭れた香ノ木は抵抗することもなく三宗の胸に抱かれて、やがて少し温かくなった手を三宗の背に片方だけ添えた。

「アンタは人形だから泣かなかったんじゃなくて、泣けなかったんだよ」

別に今更五年前の悲劇を泣いてもいいなんて言う気はない。泣けるなら泣いてもいいし、でもこんな男の胸じゃ泣けないだろうとも思う。

ただ香ノ木の冷え切った体を少しでも温めたくて、手だけじゃ足りないから、三宗は香ノ木の頭を抱いていた。

いつか、香ノ木がそうしてくれたように。

「……ありがとう」

腕の中からくぐもった声で、香ノ木の声が聞こえる。

こういう時に照れた様子もなく心から感謝できるのは単純に香ノ木が素直に育っているからだ。

年上の、しかも自分の主人であるはずの男を腕の中に抱いてちょっと可愛く思えてしまうことに苦笑しながら、三宗は香ノ木の肩を叩いた。

思いがけず嫌な記憶を呼び覚ましてしまった昼間のことも、これでチャラになっただろう。

「じゃあ、そろそろ寝――」

肩を叩いて体を離そうと、したのだけれど。

背中に回された香ノ木の腕が、離れない。むしろきつくなっている。昼間のように。

「……おい、もう寝ろって」

「ベッドに連れて行ってくれるんだろう？」

三宗の燕尾に顔を埋めたままの香ノ木の声は、もうすっかりいつもの調子に聞こえる。

「一人で歩けんだろ？　甘ったれんなよご主人サマ」

大袈裟にため息を吐いてみせて、しがみついた腕を急《せ》かすように再度叩く。それでも、香ノ木は離れなかった。ただ、顔だけは上げてくれたけれど。

「葵、と呼ばないのか？」

は、と聞き返そうとして声が掠《かす》れた。

昼間、うっかりそう呼んでしまったけれど。

胸に抱きつかれた状態で――三宗の顎のすぐ下に端正な顔を寄せられたまま、改めてそう言われると何故だか急に顔が熱くなってくる。

「よ、よ、呼ぶワケねェだろ！　アンタは俺のご主人サマで、俺は執事なんだろ？　そんな、馴れ馴れしく――」

「どうして？」

こういう時に、にこりともしない香ノ木の顔はちょっと卑怯《ひきょう》だ。

からかうならもっと意地の悪い顔をしてほしいし、本当に不思議に思っているならきょとんとして見せればいい。

いや、でもどんな表情をされたって同じだ。

妙に早鐘を打ち始めた胸に顔を寄せられていると、三宗が無駄に緊張してしまっていることがバレる。一刻も早く香ノ木を引き剝がしたくて、三宗はやや乱暴に背中に回された腕を摑み上げようとした。だけど存外に香ノ木の腕の力が強く、思うように振り払うことができない。

「っせェな、イイから離せって」

「私が呼んで欲しいと言ってるんだ。主人の言うことが聞けないのか」

三宗が体を捩《よじ》って暴れたせいだろう。香ノ木はすっかり愉快になったようで、笑っているようだ。まあ、さっきまでみたいに落ち込んでいるよりはからかわれていても香ノ木が笑っているほうがいいに決まっているけれど。

「っンだよそれ……イイ子で寝たら呼んでやるよ、さっさと寝ろ！」

三宗だって、忘れかけていたけれど今日はすっかりくたびれてるんだからさっさと寝てしまいたい。明日も五時起きだ。

成人した主人を寝かしつけるなんて執事の仕事のうちじゃないだろう。でも、香ノ木が望むならそれくらいはお安い御用だと思ったのだ、けれど。

「三宗、今日は一緒に眠ろうか」

「はァ!?」

三宗を、まるでお気に入りのぬいぐるみでも扱うかのように抱きしめたままの香ノ木が口走る。それどころか名案だとばかり一人で肯いて、三宗を抱いたままカウチから身を起こし、膝の上に大の男を乗り上げさせようとするのだから、たちが悪い。

「いや、おま……っバカじゃねェの!?」

慌てて抵抗するものの、まさか香ノ木を殴るわけにもいかない。肩を押さえて身を引いて、足をばたつかせるのが精一杯だ。それももう筋肉痛で動きが緩慢になる。

「バカだなんて、生まれて初めて言われたな」

そりゃそうだろう。

香ノ木家の人間にバカなんて言う人間が自分以外にいるとは思えない。さすがに口が滑ったかと後悔した一瞬のうちに、気付いたら香ノ木の膝の上に抱き上げられていた。

「……！」

香ノ木がバカだと言われたのが生まれて初めてなら、三宗だって男の膝に抱き上げられたのは生まれて初めてだ。

これが他の男にされたなら考えるより先にぶん殴っていただろう。

でも今は、何故だかただ顔が熱くなる。

「今日は三宗と一緒じゃないと眠れる気がしない」

「いや、それはさすがに真顔で言うなよ」

せめて、冗談だとわかりやすく笑って言ってほしい。

何が悲しくて男同士で一緒に寝なくちゃいけないんだ。

菖蒲会の事務所で他の構成員と雑魚寝したことはあるけれど、雑魚寝は雑魚寝でベッドに一緒に入ったわけじゃない。確かに香ノ木のデカいベッドなら二人どころか四人くらいで入っても十分な広さがあるかもしれないけれど、そういう問題でもない。

第一――これはただの想像だけれど――この様子だと、ベッドに入っても香ノ木は三宗を抱いた腕を離してくれない気がする。

「だって本気で言っているからね。……本当に三宗を失わずに済んだのだと、三宗が確かにここにいてくれるんだと、実感しながら眠りたいんだ」

三宗の腰を抱いた香ノ木の手が、微かに震えたような気がする。

香ノ木にとって、唯一自分で選んだ「共犯者」である三宗がどれだけ大事な使用人なのか、三宗自身は本当の意味ではわかっていないのかもしれない。

それを失うかもしれないところだった――それは、香ノ木にはそんなにも怖いことだったんだろうか。

「……アンタ、本当にバカだな」

カウチに膝をついた三宗は息を吐き出すように笑って、顔を伏せた香ノ木の髪を撫でた。

「ンな怖がんなくたって、ちゃんと俺はココにいんだろ。大丈夫だよ」

別にそんなにしがみつかなくたって三宗はどこかに消えることもないし、朝になればまた夜まで仕事に付き添うしそれは明日も明後日も続くんだろう。

始めたばかりの時は執事なんていつまで続くものかと思っていたけれど、なんだか最近はこんな生活も悪くない気がしてきた。

香ノ木の気が済むまでは、こうしていてもいいと思えるくらいだ。

「ああ。……だから、今日は一緒に——」

「いやいやいやそれはおかしいだろ！」

埒《らち》が明かない、と香ノ木の肩を摑んでぐっと自分の体を反らすと、ようやく香ノ木が顔を上げて三宗を仰いだ。

その表情にはもう見覚えがある。不機嫌そうな顔だ。

「そんな顔されても一緒に寝ねェから！」

子供かよ、と強く首を振ると、考え込むように少し視線をさまよわせた香ノ木がもう一度強く、三宗の腰を抱き寄せた。

いつもデスクワークばかりしている華奢なお坊ちゃんのくせに、なかなかどうして力が強い。あるいは、三宗がただ抵抗できないだけかもしれないけれど。

「三宗、執事は主人の希望をすべて叶《かな》えるものだよ。お前は私の執事になったんだ。できない、なんて聞きたくないな」

不機嫌でも拗《す》ねた表情でもない、淡い笑みを浮かべた香ノ木が低く囁く。

長い睫毛の下から覗く視線は妖しく、有無を言わせない迫力を帯びていて——三宗は、言葉に詰まった。


目が醒《さ》めると、香ノ木の顔がある。

長い睫毛を閉じて眠っていても、だらしのない弛緩《しかん》した寝顔にならないのが不思議だ。

唇は少しだけ開いていて、行儀よく並んだ白い歯が垣間見える。さらさらとした細い髪は枕《まくら》の上に広がっているが、寝癖はつきにくいようだ。

規則正しい寝息、寝言もなければ、歯ぎしりも鼾《いびき》もかかない。

本当は起きてるんじゃないかと疑いたくなって、何度か話しかけてみたり、脇腹《わきばら》をつついてみたりしたけれど反応はなかった。

——馬場から帰ったあの晩以来、香ノ木はたびたび三宗に一緒に寝ることを提案してくる。

大の男がひとつのベッドで寝て何が楽しいのかはさっぱりわからないけれど、幸いなことに香ノ木のベッドは趣味が悪いくらい広くて、三宗が大の字で二人寝ても余裕があるくらいだ。香ノ木ほど手足が長いとちょっとぶつかるかもしれないが。

これが普通のセミダブルベッドで一緒に寝ようと言われたら頭おかしいのかと言って断るところだけれど、これくらいの距離感で眠るならば雑魚寝と大して変わらないかと思えてしまう。

とはいえ、夜中に目を覚ますと香ノ木が三宗を抱き枕にしていることがあったりもするから油断はならない。

しかしそれにももう慣れてきてしまった。

なんだって香ノ木が三宗と一緒に眠りたがるのかを考えてみたけれど、わかるはずもない。

ただ、香ノ木と一緒に眠ると三宗はいつもより心地よく目覚められるような気がする。それはきっとベッドが高級だからだ。

だからこれは三宗にも得なことなんだと思いこむようにして、昨晩も香ノ木の部屋に泊まってしまった。

カーテンに覆われた窓の外から、小鳥の囀《さえず》りが聞こえる。

時計に手を伸ばしてもいないけれど、そろそろ起きる時間だろう。

いつも、メイドがやってくる時間より早くベッドを抜け出して自分の部屋に戻らなくてはいけないのだけが面倒だ。執事が主人の部屋で眠っているなんてことがバレたほうがよほど面倒なんだろうけれど。

週に三日ほどもこんなことをしていたらコソコソと自室に帰る早朝の緊張感もいつものことになっ

てきてしまった。

「んー……」

広いベッドの中で伸びをして、息を吐く。

どんなに手足を目一杯伸ばしても、寝返りを打っても寝相が悪くても、決してベッドのフレームに手が触れることがない。

スプリングは柔らかすぎず硬すぎず、マシュマロのような肌触りのシーツとあいまって体を優しく包み込んでくれる。

羽毛布団もそうだ。二人で眠っていても取り合う必要がないほど大きいのに霞《かすみ》か雲でもかぶっているのかというほど軽い。それなのに十分な温かさがある。

二人で包まっているから一人よりも体温がこもっているのか——と考えもしたけれど、それはないだろう。何しろ香ノ木は体温が低い。だから三宗と一緒に寝たがるんだろうかという可能性も大いに考えられるくらい。

「起きるか……」

高い天井を仰いで、自分に気合いを入れるように小さくつぶやく。

そういえば執事になって以来、完全な休日ってものがない。

菖蒲会の頃も休みなんてものはなかったけれど、そもそも暴力団が仕事かっていわれるとよくわからない。集金や組長への付き添いや、明らかに仕事といえるものもあったけれど、事務所が家代わりだったこともあって待機しているのか仲間と遊んでいるのか区別がなかった。

執事もそんなものか。毎日の私服が燕尾服になったと思えば。

とはいえ、香ノ木は毎日わかりやすく仕事をしている。

政財界の狸《たぬき》みたいなおっさんたちと食事をしているだけの時もあるけれど、あんなのとてもじゃないが寛《くつろ》いで楽しめるような食事会とは思えない。実際、香ノ木はにこりともしないし。

「……、三宗？」

伸びをしたせいで起こしてしまったのかもしれない。

傍らの香ノ木が、薄く片目を開いて布団から手を出した。思わずその手を掴む。

うん、ちゃんと温まっている。

あの晩、香ノ木の手の冷たさに驚いて以来、つい香ノ木の体温を確認してしまう癖がついた。人前ではなかなかできないけれど、その代わりできるだけ香ノ木が冷えないように防寒具に気をつけるようにしている。

それでもたまに手を触ると驚くほど冷たくなっているのだから、理解できない。

寝起きはこんなに温かいのに。

もっとも、別々に寝た日の朝も温かくなっているかどうかはわからない。

「悪ィ、起こしたか？　もーちょい寝てな」

メイドが起こしに来るのはもう少し後だ。

そういえばめっきり香ノ木の眠たそうな顔も寝起きのぼんやりした顔も見慣れてしまったけれど、メイドいわく「葵様」は寝起きから常にキリッとしていて完璧らしい。

それも、使用人たちの勝手な幻想だ。

メイドが来る前に起きて待っているからぼんやりしていないだけで、さすがの香ノ木だって寝覚めはこんなもんだ。

三宗は体温を確認した香ノ木の手を布団の中にしまって、自分だけ起き上がろうとして——手が、離れない。

「……俺は起きるから。着替えなきゃいけねェし」

香ノ木が言葉にならないくぐもった声をあげて布団を抱き込み、体を丸める。

それはいいとして、手を離せ。

「おい」

強めに腕を引いてみるが、香ノ木はわざとそうしていることを疑いようがないくらいしっかりと三宗の手を握ったままだ。

それどころか布団と一緒に抱き込まれたせいで、身を起こすことさえもままならない。

「アンタ、最近ワガママが加速してねェか？」

面倒だと思わないわけじゃないけれど、まあ悪いことでもない。

ワガママを言える相手がいるってのは良いことだし、香ノ木が三宗といてリラックスしているということの証左だ。本当に面倒なことは言わない男だということはわかっているし。

「ワガママ……？　そうか、これがワガママか」

ふと顔を上げて納得したように肯いた香ノ木の顔は、もうすっかり目が醒めた顔をしている。

寝ぼけて三宗の手を握ったままでいるというのもただの演技だってことを、隠そうともしない。

「そう。アンタ、すげーワガママだよ」

こんなことを香ノ木に言うのも三宗くらいのものだろう。それがおかしくて、喉を鳴らして笑いながら近付いた香ノ木の顔に手を伸ばす。

人形のようだという人の気持ちもわからないではないくらいよく整った顔に触れて、本当に人の肌なのか、肉がちゃんとついているのかと疑いたくなるくらい滑らかな頬を指でつまんでみる。

ちゃんと温かくて、柔らかい。

それに頬をつまむと、きれいな香ノ木の顔が少し歪《いびっ》になって急に人間味が増したように見える。

「私がワガママを言ってはいけないか？」

「ンなこと言ってねェじゃん。イイんじゃねェ？　ワガママが言えるトコで言っとけば。ま、全部を聞いてやれるワケじゃねーけど」

横に引き攣れた唇で香ノ木が話すのがおかしくて三宗が笑ったまま答えると、ベッドの中のもう一方の手が伸びてきた。

自分の頬もつままれるのかとおざなりにそれを避けようとすると、香ノ木の手はそのまま三宗の首

の後ろに回ってきて——顔を、引き寄せられた。

「っ、」

ただでさえ近かった顔を引き寄せられて、反射的に首が強張る。

顔がぶつかんだろうがと苦笑しようとした、その唇に。温かいものが触れた。

「——……、」

チュンチュン、と小鳥の声が聞こえる。

それくらい屋敷の中は静まり返っていた。今は、布団の奏でる衣擦《きぬず》れの音も聞こえない。

三宗の見開いた目の前には香ノ木の長い睫毛があって、それ以外は高くて小さい鼻も、つまんでいたはずの頰も——形の良い唇も、見えない。

柔らかいものが押し付けられた唇から、短い、吸い上げるような音が響いてゆっくりと香ノ木の顔が離れていく。

首の後ろに回された手も滑り落ち、ベッドの中の拘束された手もようやく解放された。

だけど瞬きをすることも忘れた三宗は今何が起こったのか理解しがたくて、起き上がることはおろか、声を発することもできない。

啞然とした三宗の顔を布団の中から眺めた香ノ木が、小さく笑った。悪戯に成功した子供のように無邪気で、人間を誘惑する美しい悪魔のように蠱惑《こわく》的に。

「おはようのキスだよ」

そう言った香ノ木の声は、嬉しそうに弾んで聞こえた。

*　*　*

「加納さんって、交際されてる女性はいらっしゃるんですか？」

小学生でも知っているくらい有名な財閥系企業の会長の来訪中、席を外した三宗は加納とワインセラーにいた。

横文字と年代に悩まされ続けていつまでも覚えきれないワインのラベルを拭きながら、三宗はなんとなしに尋ねた。

「は？」

「え？」

怪訝《けげん》そうに振り向いた加納の反応に、思わず緊張した。

敬語が間違っていただろうか。あるいは柄の悪さが滲み出たとか。

「ああ、いえ……今は。日高さんはいらっしゃるんですか？」

三宗が自分の言動を振り返って首をひねっていると、加納が気恥ずかしそうに笑った。ただ質問が唐突だっただけのようだ。

ホッとしながら、三宗は赤ワインのボトルを手に取る。香ノ木が生まれた頃に作られたワインだそうだ。

「私もです」

いたら屋敷に住み込みで働くなんて考えられなかっただろう。

三宗は女に困らない人生を送ってきた——とは真逆の人生だけれど、たぶん惚れた女がいたら放っておいたりなんてしない。

まして自分があんな形でやくざから縁を切っていたら、自分の恋人が心配で目が醒めるなり屋敷を飛び出していただろう。四肢なんてばらばらになってもいいから、そばにいて恋人を守りたいと思ったに違いない。

三宗は情の深い男だ、と先代の組長にもしきりに言われていたし。

まあ実際のところは、もう片手の指では足りなくなるくらいの年数、色恋沙汰《ざた》とは縁遠いのだけれど。

「屋敷に住み込んでいる以上、出会いもありませんしね。仕事もありますし」

加納が肩をそよがせるようにして笑いながら、小さく肯いた。

そう言う加納だって彫りの深い、なかなか男前な顔をしている。着ているものや髪のセットの仕方でだいぶ上品に見えてはいるけれど、これをカジュアルにしたところを想像するとクラブあたりで女をより好みできそうな男だ。

それが、こんな女っ気のない生活をしているなんて少子化に喘《あえ》ぐ現代日本の機会損失なんじゃないか、と大袈裟なことを考えて、ふと手を止めた。

いや、女っ気ならある。

この屋敷にはメイドが十人近く常にウロウロしているはずだ。

既に子育てを終えたというメイドもいるけれど、中には若いメイドもいる。

なるほど、そういうところで手を打っていてもおかしい話ではない。

勝手に下世話な想像をして加納をちらりと見ると、何か、と尋ねられるように首を傾げられた。

――だとしたら、三宗も同じようにメイドたちと「仲良く」なればいいのだろうか。

三宗は色恋沙汰からは縁遠かったけれど、職業柄、女性であることを売り物にしている女との付き合いはそれなりにあった。恋人がいないからこそ女と遊んでおけとよく言われて、正直その時はあまり乗り気ではなかったけれど――今は、少しそれが恋しく思える。

別にやくざに戻りたくてそう感じるわけじゃない。

香ノ木に一緒に眠ろうと誘われるたび、夜中に抱き枕にされていることに気付くたび、そしておはようのキスとやらをされるたびに、なんというか、顔から体から熱くなって、ムズムズしたものを覚える。

相手はどんなに小綺麗な顔をしていたって成人男性なのにだ。

だけどそれはきっと、女と縁遠い生活を送っているせいだ。

だから、女と遊べば香ノ木のからかいもなんとも感じなくなるはずだ。

屋敷に来た当初と比べれば三宗と親しく話してくれるようになったメイドも多い。執事としての努力を認めてくれているのか、加納や里井の風当たりも強くなくなったし、楽しく過ごせていると思う。

メイドの面々を思い出そうと思えば全員の名前と顔が一致するし、人となりもわかる。

気遣い上手なメイドも笑顔の可愛いメイドも、何かというと三宗に話しかけてきてくれるメイドもいる。

加納といい里井といい、使用人を全体的に見回すと顔の良し悪しで採用が決まるのかと思うくらい容姿の整った人材が多いとも思う。三宗だけは採用した人間が違うので別としてもだ。

あの子も可愛いこの子だって可愛い、といくらでも思うけれど——それでも、特別仲良くしたい相手がいるかと言えば、まったくピンとこない。

たぶん、主人の部屋から朝方こっそり抜け出すよりも使用人の部屋にこっそり泊まり込むほうが安全だし楽だと思うのだけれど。

三宗が自分の部屋以外で寝泊まりするとしたら香ノ木の部屋以外想像できない。

そもそも、今の状況で香ノ木が三宗に他の使用人と親密になることを許すだろうか。

たとえば一緒に眠ろうと誘われて、ちょっと他の仕事があるのでと断ったら——今の香ノ木ならば、じゃあ自分も仕事をして待っているというかも知れない。三宗が戻ってくるまで眠らないと言われたら、主人を休ませるためにはとてもじゃないけれどメイドと仲良くしている場合じゃない。

いくら香ノ木と三宗が気の置けない関係だとしても、たとえば三宗がメイドの一人に惚れてしまったと言ったら――香ノ木がどんな顔をするのか、想像ができない。

「――……」

「どうかしましたか?」

手を止めたままうつむいた三宗を伺って加納が心配そうな声をあげた。

「ああ、……いえ」

三宗が他の人間に特別な感情を持ったら香ノ木は悲しむかもしれないなんて、驕《おご》りもいいところだ。

三宗は慌ててボトルを拭く作業を再開させながら、脳裏をよぎった香ノ木の傷ついたような顔を打ち消した。

「そういえば、里井にはいるようですよ。恋人」

「えっ」

樽《たる》の清掃を終えて少し中のワインを注ぎ出した加納が、三宗の大袈裟な驚きように笑いながら試飲用のカップを差し出してくれた。

一口くらいなら仕事の一環として飲むことができる。

それも、このワインセラーの手入れの嬉しいところだった。

三宗は再開させたボトル拭きをまた中断させると加納から試飲用のカップを受け取った。

「……葵様にはくれぐれも内緒にしていただきたいのですが」

声を潜めた加納が、悪戯っぽく笑う。

同じ職場で働く同僚として認められた気がして、何だか嬉しい。三宗は当然だとばかりに大きく肯いた。

「キッチンメイドの一人と交際しているようです」

「マ、……っ本当、ですか」

思わず声を上ずらせた三宗に、加納が笑い声をあげた。

手にしたワインを飲むことも忘れて、キッチンメイドの顔ぶれを思い出す。チーフをしている女性は既婚者だけれど、他はきれいどころばかりだ。

しかし長く考えるまでもなく、特に里井と仲のいいメイドの顔を思い出すことができた。仲が良いんだろうなと思っていた程度だが、まさか付き合っていたとは。

「正式に結婚ということになれば里井自身の口から葵様へご相談、という形になるでしょうけれど」

「結婚も考えるほどなんですね」

確か、里井と仲のいいメイドも住み込みで勤めているはずだ。

だとすると――そういうことになる。

ひとつ屋根の下でそういうことが行われているのかと思うと男子中学生みたいに勝手に気持ちが盛り上がってしまう。ひとつ屋根の下といってもあまりにも大きい屋根だけれど、こんな浮ついた話をするのがあまりにも久しぶりで、三宗は里井に詳しく聞きたくて堪《たま》らなくなってきた。

「里井も気の多い男ですからどうなるかはわかりませんが。使用人同士の関係が厳密に禁止されているわけではありませんので」

そう言ってワインを口に含んだ加納の口ぶりは、だから三宗も気になる女性がいたら気兼ねすることはない——と言ってくれているようにも感じた。

「禁止されてないんですね」

手にしたワインに視線を伏せると、見慣れた香ノ木の顔が浮かぶ。

最近は寝起きも一緒にしているせいで文字通り二十四時間あの顔を眺めている。そのせいだろうか。この屋敷のメイドは美人が多いと思っているのに、どの子を見ても心が動かないと感じるのは。

「ええ。葵様はお優しい方ですから、使用人の幸せを我がことのようにお喜びになりますよ」

でもそれってお前らの思う「葵様」だろう、と思って——三宗は胸中で首を振った。

確かに香ノ木は人の幸せを喜ぶことができる人間だろうと、三宗も思う。

想像でしかないけれど、里井がもし結婚前提での交際を報告したら香ノ木が嬉しそうに肯くところが目に浮かぶようだ。

それなのに、一体どうしてだろう。

三宗が同じように誰かとの関係を報告したら香ノ木は心を閉ざして、あの冷たくも見える無表情でそっぽを向いてしまうような気がする。

馬場で見せたあの不機嫌そうな様子よりも、もっと冷たい顔をするところしか想像できない。

そんなのはただ三宗の妄想にすぎない。

つまりは、もしかしたら三宗が香ノ木にそうであって欲しいと願っているだけなのかもしれない。

香ノ木に、やきもちを焼いて欲しいと。

「……いや、おかしいだろ」

思わずつぶやいて、ワインを呷《あお》る。

香ノ木からの過剰なスキンシップに困っているから誰かと仲良くしようと思っているというのに。

香ノ木にそれをどうにか思われたいなんて。

香ノ木が自分を見つめる顔を思い出すだけで何だか酔っ払ったような気持ちになるのを押し隠すために、三宗はワインを嚥下《えんげ》した。

「……あ」

「日高さん、ワインの飲み方は……」

苦笑した加納がワインのテイスティングについて何度目かの講義を始めてくれようとした、その時。

噂の里井がワインセラーを覗き込んだ。

「日高さん、加納さん。森永《もりなが》会長がお帰りです」

お見送りの時は呼びに来て欲しいと予め《あらかじ》頼んでおいたのは三宗だ。

しかしさっきの内緒話を思い出すと、三宗は加納と視線を交わし合って思わず笑った。

「香ノ木さん、今日はありがとう。また、近いうちに」

「はい」

でっぷりと太った腹をベルトの上に乗せた会長とやらが香ノ木の手を撫でるよう握った。

こういう光景を見たことがある。

金だけは持っている「社長さん」が高級クラブのママと別れを惜しむ光景だ。

どちらかというとクラブのママに頼まれて出入りしている側だった三宗はその後苦笑交じりに手を洗うママの様子をいくらでも見てきた。

香ノ木の表情は静かなものだ。見ようによっては微笑んでいるようにも受け取れるけれど、目が笑っていない。光の加減さえ変えたら怒りの表情にもなり得そうなまさに能面のような顔。

人払いを命じられておとなしくワインセラーにこもっていたけれど、ヘンなことされてねぇだろうなと三宗は香ノ木の様子を注意深く窺った。

もちろん、大事な客人を前に香ノ木は三宗を見たりはしない。

会長もまた、自分の使用人はおろか香ノ木の執事以下フットマン、ハウスキーパーまで並ばせているのに誰もそこには存在しないかのように振る舞っている。

本来なら、こういうものなのかもしれない。

使用人は影の存在だ。メイドを統括するハウスキーパーより下のメイドなんかは客人の目に触れられてはならないと厳重注意されているらしい。それもまた古いしきたりらしい。

「会長、そろそろお時間が」

執事なのか秘書なのか、後ろで車のドアを開いたまましばらく待たされていたスーツの男が声をかけると、会長は不満そうにひらりと手を振っただけで振り向きもしなかった。

「では、失礼いたします」

ようやく手を放された香ノ木が頭を下げると、会長も諦めがついたようだ。

重そうな体を揺らし、踵を返して車に乗り込む。

黒塗りのロールスロイスが、会長が後部座席に乗り込んだだけで車体を揺らしたように見えた。

会長のお付の男が頭を下げたのに合わせて、三宗と加納も頭を下げる。

――香ノ木があんな男だったら、執事なんて一日で辞めていただろう。

きっとこの場にいる使用人の全員がそう思っているだろうことを考えながら、三宗はロールスロイスのテールランプを見送った。

「……みんな、ありがとう。仕事の手を止めさせてすまなかったね」

ロールスロイスを送りだしてゆっくり閉まる門に踵を返すと、香ノ木が使用人を振り向いた。

「三宗」

「はい。三時のお茶をご用意いたします。本日はアッサムのファーストフラッシュをと考えておりますが、いかがでしょうか」

気疲れする会談の後だ。華やかな香りで気分を変えて次の仕事に臨んでほしいという気持ちで提案すると、香ノ木が双眸を細めた。

「ああ、それでお願いする」

ほっと肩の力が抜けた瞬間、というのがわかる微笑みだった。

別に部屋に二人だけでいる時だけじゃなくても――三宗が執事として居住まいを正している時でも香ノ木がリラックスできる瞬間があるというのはいい。

執事レベルが上がった証拠という気がしてちょっと満足げに一人で肯いてると、閉まりかけた門のほうで声がした。

香ノ木を先頭にみんなが屋敷に戻ろうとしていた矢先だ。最初に加納が振り返って、三宗もそれにならった。

「大変申し訳ありません、今しばらくお待ちを――」

門の前に車が停まっている。

さっき帰っていった会長の車じゃない。白いベンツのSクラス。その運転席に頭を下げて声を上げているのは里井だ。

傍らの加納と一瞬視線を交わすと、加納が走り出した。

「どうした？」

里井のもとへ駆けつけていく加納の声が微かに聞こえる。三宗が主人を先に屋敷の中へ促そうとすると、香ノ木がそれを手で制した。

「清瀬の車だ。三宗、時間は大丈夫？」

清瀬、と言われて瞬時に香ノ木の叔父という男の顔が浮かんだ。

執事は本人以上に主人の交友関係を覚えておくのが一番大切らしいけれど、その点に関しては菖蒲会でも鍛えられていたから間違いない。

「はい。この後は十七時まで外出の予定はありません」

とはいえ、隙間の時間で目を通しておかなければいけない書類が香ノ木の書斎には山積みになっている。

それは香ノ木の頑張り次第で調節できることかもしれないけれど、たまればたまるほど香ノ木の睡眠時間が短くなる。

そもそも清瀬からアポイントなんて入ってない。だからこそ、里井も門の前で一度車を止めようとしているのだろう。それなのに車は閉じかけている門へ強引に鼻先をねじ込んできている。

「緊急の用事でしょうか」

香ノ木を窺った時、加納が戻ってきた。その表情は戸惑っている様子で、何か不穏なものを感じさせる。

「失礼します、葵様。清瀬取締役が、どうしてもお話をされたいとのことで……」

強張った表情の加納の様子を見て、三宗は門の前で停まったベンツを振り向いた。胸がざわつく。

このところ久しく忘れかけていた感覚だ。肌がヒリヒリとして、総毛立つような。

「通せ」

香ノ木が何を感じているのかはわからない。

ただ、さっき和らいだばかりの表情を冷たくさせて短く応《こた》えると、屋敷へとつま先を向けた。


「突然訪ねて申し訳ありません」

理事会以来久しぶりに見た香ノ木の叔父という男——清瀬の顔は、どこか青ざめて見えた。

額に浮かぶ汗をブランド物のハンカチでしきりに押さえる仕草を、三宗は慎重に観察していた。

「いえ、いつでもいらしてください。叔父と甥の関係です」

応接室ではなく私室に通した香ノ木は、そう言いながらにこりともしない。そういう男だということを三宗も、そして清瀬もよく知っている。

「ハハ、ありがとうございます」

「今日はどうなさいましたか。お急ぎのようでしたが」

叔父と甥の仲だと言いながら上座の椅子に腰を下ろした香ノ木には、えもいわれない迫力のようなものがある。

当然だ。

ただの親戚《しんせき》関係じゃない。香ノ木は本家の当主であり、清瀬は部下にもあたる。それが何のアポイントもなしで――しかもあんな強引な形で訪ねてきて、歓迎できるものじゃない。

室内は緊張していた。そう感じるのは、三宗が緊張していたからかもしれない。

「せ、先日の――改装の件ですが」

一瞬声を上ずらせた清瀬がまた額の汗を拭った。

やっぱりだ、と胸中でつぶやいた三宗が目を瞑ると、香ノ木がドア横に控えた三宗を一瞥した気がした。

「その件は済んだはずです」

「今一度ご検討いただけないかと」

清瀬の訴えは縋りつくようでいて、しかし焦りのようなものは感じられない。それが妙だ。

清瀬のバックに龍田組がついていて、既に賄賂を受け取ってしまい退《ひ》くに退けない状況になっていることは考えられる。

香ノ木の親戚であり百貨店の取締役ともなれば賄賂など突き返せば済む話だと、清瀬本人も当然考えただろう。しかしやくざ者と繋がるというのは金の問題じゃない。たとえ約束を反故《ほご》にしても、一度は繋がってしまったという既成事実を作ってしまえば、相手の思うつぼだ。

有名百貨店の取締役であり香ノ木グループの次席に名を連ねるほどの立場の人間がやくざ者から一度は金を受け取った――そのことが世に知られればどうなるか。

龍田組からの脅迫は今の暴対法で押さえ込むことができる。万が一清瀬が卑怯な真似で龍田組を裏切ったのだとしても、分が悪いのは龍田組のほうだ。今の社会はそうなっている。

しかし、週刊誌やマスコミにスクープとして取り上げられれば話は別だ。

百貨店、ひいては香ノ木グループのイメージに傷がつく。

脅迫にはならないよう、ひとつの可能性としてそんな話をちらつかせられたのだろう。やくざ者の常套《じょうとう》手段だ。

それで清瀬は焦って香ノ木のもとに駆け込んできたんだろう。面会の約束をつける時間すら惜しんで。もしかしたら既に週刊誌には押さえられているのかもしれない。

「――……わかりました」

革の椅子を軋ませて足を組んだ香ノ木がたっぷりと間を取った後に口を開くと、清瀬がぱっと顔を上げた。三宗も。

その瞬間、香ノ木の淡い色の虹彩《こうさい》に射抜かれてぎくりとしたのは清瀬だけじゃない。

もしかしたらあの理事会の席でも、香ノ木はこんな表情をしていたのだろうか。清瀬じゃなくても冷や汗が滲む。息の詰まるような迫力があった。

「私は変化することを拒んでいるわけではありません。伝統を重んじ、これまで支えてくださったお得意様を尊重しながら進化はしていきたいと考えています。改装は検討しましょう。しかし、前回の企画では承服できません。新しく――」

「そ、それではこちらの企画書を」

香ノ木の言葉を聞き終えないうちに慌しく鞄を開いた清瀬が、企画書の束を手にして立ち上がった。

思わず、三宗の体が反応した。

清瀬はただの金持ちだ。なにも、香ノ木に向けられた鉄砲玉じゃない。企画書を見ろといって匕首を取り出すような真似はしないはずなのに。

つい前に出そうになった体を燕尾服の鎧《よろい》で抑え込んで、三宗は息を大きく吸い込んだ。

妙に緊張しすぎた。

清瀬と龍田組の件は厄介な繋がりだが、ここにやくざ者がいるわけじゃない。――自分以外は。

「何を焦っておいでなのですか？」

まるで足元に縋りつくように企画書を何案も差し出した清瀬を、文字通り見下した香ノ木が冷たい声を漏らした。

「どなたかと、期日の決められた約束がおありですか？　叔父様」

刃物を持っていたのは香ノ木のほうだったようだ。

突き刺さるような言葉を吐き捨てた香ノ木の顔を見上げて、清瀬が硬直した。

「私との約束を取り付ける手間隙《てまひま》よりも、大事な取引相手がいらっしゃるようで」

もう一刺し。

言葉を失って、書類を握った手を微かに震わせる清瀬の背中を三宗は静かに見つめた。

三宗は経済界や財閥や、そういう世界の人間にとって香ノ木という血筋がどういう存在なのか実感として理解することはできない。

しかし清瀬はきっと香ノ木の血縁者と婚姻できたことである種の成功を収めたと思っていたんだろう。それを、今脅かされている。龍田組の存在によって。その絶望感を想像することはできる。以前なら三宗がその汚れた社会の人間だったからだ。

一般人ならまだしも、著名人や資産家、文化人になるほどやくざ者と関わりあいになることを恐れる。当然だ。自分たちは排除されるべき存在なのだから。

そんな組織の人間と交流があるなどと知られることは社会的な損失になるとわかっていて、利用するつもりで近付いてきた人間だって今じゃそっぽを向いている。誰も好き好んでやくざ者と取引しようとはしない。騙されでもしない限りは。

あるいは今、三宗の目の前で冷たい表情を浮かべている香ノ木以外は――

「……そこにいる、執事の入れ知恵ですか」

唸るような、低い声だった。

考えるより先に足を踏み出した三宗を香ノ木の視線が制した。

追いつめられてこういう声をあげる人間がどんな行動に出るのか三宗は体で知っている。暴れだすか自傷に走るか逃げ出すか、とにかく衝動的な行動に出ることを恐れて三宗は身構えたけれど、香ノ木が来るなというならば従うしかない。

それでもまさかの時には飛び出す心の準備だけはして、三宗は顎を引いた。

この燕尾服と革靴でどこまで動けるかはわからないけれど。

「うちの執事がどうかしましたか」

香ノ木の声が一変して優しくなった。それがかえって背筋をぞっとさせて、三宗は思わず苦笑した。まるでやくざ者だ。

「その男がどうやって取り入ったのかは知りませんが、そんな男を香ノ木家に入れるなんて正気の沙汰ではありません。この男は以前――」

「うちの執事が、どうかしましたか？」

子供に言い含めるような香ノ木の問いかけに、清瀬が目に見えて肩を震わせたのがわかった。

わなわなと、書類を持つ手も震えている。

「こ、こ、――この男は元暴力団組員ですよ！　そんな者を香ノ木家の執事だなんて、お父上が知られたらどう思うか！」

勢いよく立ち上がった清瀬が握り締めていた書類を床に叩きつけ、その手で背後の三宗を指差した。

やくざだと謗《そし》られることには慣れていても、当然いい気はしない。以前なら、その手を摑んであらぬ方向に折り畳んでいたかもしれない。

しかし今はそうすることはできない。

体の熱を抑えるように、三宗は視線を伏せた。

「父が知ることはありません。彼はもう死んでいます」

「……！」

息を呑んだのが清瀬なのか、三宗なのかは知らない。

ただ冷たい――人形のような顔で言い放った香ノ木の顔には、確かに何の感情も読み取れなかった。

親の死を悼んでいるようには見られなかったという香ノ木の姿がこれか。

そうしていなければ、香ノ木はいつまでも両親の名の下に生きていくことしかできなかったんだろう。三宗は胸を握り潰《つぶ》されるような苦しさを覚えて、唇を噛んだ。

「み、店の伝統だとか格式だとか、偉そうに能書きを垂れて……香ノ木家の脈々と続いてきたならわしを疎かにしているのはあなたじゃないか！」

「清瀬様」

いつの間にドアのそばを離れたのかも覚えていない。気付くと、三宗は清瀬の前に出ていた。

それ以上、好き放題言わせておけない。

「な、……っなんだ！　暴力でも振るう気か？」

「失礼ながら、香ノ木には次の予定が控えております。玄関までお送りいたしましょう」

背後に香ノ木を隠して三宗が胸を張ると、対峙《たいじ》した清瀬の体が矮小《わいしょう》なものに思えた。

主人の叔父に失礼があってはならない。しかし、主人のことを一番に考えるのが執事の務めだ。香ノ木が止めない以上、三宗のしていることは咎《とが》められるような無礼というわけでもなさそうだ。

「何を偉そうにしているんだ、ただのやくざ上がりが執事の真似事など……」

本当に、まったくその通りだ。自分でもそう思う。

三宗は大いに肯きたい気持ちを抑えて静かに頭を下げ、清瀬にお引き取りくださいと繰り返した。真似事でもなんでも、香ノ木が三宗を執事に選んだのだ。やくざ者だと知った上で。だから今は、こうすることしかできない。

「これは香ノ木家の話だ、お前のような社会不適合者には関係がない。下がっていろ！」

清瀬が腕を上げ、三宗の肩に触れた。

いや実際には摑もうとしたのかも知れない。あるいは、三宗の体を押し遣《や》ろうとしたのかも。しかしその手は香ノ木に押さえられて、指が触れただけで止まってしまった。

「うちの執事を愚弄《ぐろう》するのはやめていただこう」

革の椅子を軋ませて立ち上がった香ノ木が清瀬の腕をかなぐり捨てる。三宗は驚いて背後の香ノ木を振り返った。

清瀬の言うことは真っ当な評価だ。根も葉もないことをあげつらわれて侮辱されたわけじゃない。

清瀬に暴力を振るう気なんてひとつもなかったけれど、そう思われても仕方がない。他のやくざは知らないが三宗は今まで拳で問題を解決してきた。

「言いたいことを言ってすっきりしたか？」

驚いて香ノ木を仰いだ三宗を一瞥もせず椅子を離れて立ち上がった香ノ木は、部屋を立ち去りたそうにドアへ向かっていく。それに従うべきなのか、三宗は清瀬の前で立ち尽くしたままでいた。

「今の当主は私だ。あなたが何を囀ろうと、権限は私にある。……だからこそあなたも下げたくもない頭を下げに来たんだろう」

だからと言って、清瀬の願いを聞き届ける気もさらさらない、と言いたげだ。

香ノ木は歩み寄った自室のドアを開いて、清瀬に帰り道を促した。それに気付いたらしい加納と里井の足音が見送りにやってくる。おそらく、清瀬の声が廊下にも漏れていたんだろう。

「――……何が当主だ」

わなわなと体を震わせた清瀬の熱が、傍らの三宗にまで伝わってくる。

必死の願いを無碍《むげ》にされたことに怒っているのか、虚仮《こけ》にされたと感じているのか――あるいは、もっと鬱積《うっせき》したものがあったのかもしれない。これ以上口を開けば彼自身のためにもならない。そんな気がした。

「清瀬様」

一度気持ちを鎮めたほうがいいと三宗が声をかけようとしたその時、清瀬が鼻で笑った。

「香ノ木家は乗っ取られたんだ。みんなそう言ってますよ」

みんな、が誰を指すのか知らない。

ただ廊下で控えていた加納と里井が一瞬、険しい表情を覗かせたのがやけにはっきりと見えた。少なくとも、そんな噂を知っているということだろう。おそらく、香ノ木自身も。

「自分の親を殺してまで香ノ木家の当主になりたかったんだろう！　だから、悲しそうな顔ひとつ――」

清瀬に最後まで言わせるわけにはいかなかった。

考えるより先に、手が出ていた。

白手袋を着けた拳に、妙に懐かしい、鈍い感触が走る。

里井が小さく声をあげたようだった。次の瞬間には、清瀬が床に倒れこんだ重い音が響いた。

「三宗」

目を瞠った香ノ木の声に、さっと血の気が引いていく。

と同時に、殴られた頬を押さえた清瀬がカーペットの敷かれた床の上を這《は》うように後退ってか細い悲鳴を上げた。

「や、や、やっぱり暴力団の人間なんじゃないか！　こ、こんなことが世間に知られたら大問題になるぞ！　わた、っ……私を殴っただなんて、医者の診断書をもらえば――」

もしかしたら清瀬の狙《ねら》いはこれだったのかもしれない。

甲高い声で勝ち誇ったように騒ぐ清瀬の声をどこか遠くに感じながら、三宗は右手の拳を確認した。

……ずいぶんと、威力が落ちた。

それだけ口が回るということは歯が折れるどころか口の中も切れていないんだろう。金持ちが駆け込めば医者は診断書を出してくれるだろうが、全治一日も必要ないくらいだ。あるいはこれでも無意識に手加減したのかもしれない。

「——……まぁ、執事なんてやりたくてやってたわけじゃねェし」

ため息と一緒に声を絞り出すと、清瀬がヒッと喉を引き攣らせた。

いつまでも目の前で転がっていられると喋《しゃべ》られなくなるまで蹴りを加えられる——ということも彼にはわからないのだろう。もちろんそんなことはしない。仮にも、世話になった人間の身内だ。

恩と礼儀は欠いてはならない。カタギの人間に迷惑はかけない。親と慕った組長に何度も教わったことだ。

「俺を売りたきゃ売れよ、おっさん。別に俺には迷惑をかけらんねェ組ももうねェんだ。前科なんて今更だしな」

両手の手袋を脱いで、床に放る。

香ノ木の顔は見られなかった。

「金目のモン盗んだらさっさと出てこーと思ってたんだけど……ま、イイか。執事ごっこもそれなりにヒマつぶせたし。あ~、でもこの服だけはキツかったわ。やっと脱げる」

まるで用意されていた台本をなぞるかのように、軽薄な言葉が次々と口から溢《あふ》れ出てきた。

首のタイを抜き、シャツのボタンを外す。後ろに撫で付けた髪を掻き乱して前髪を下ろしながら、三宗は声を無理やり張り上げてドアに向かった。

加納と里井が、眉を顰めている。なんだかその表情も久しぶりに見た気がする。

「じゃーな。……あ、そうだ。おっさん。龍田組に森田《もりた》ってヤツいるから。困ったらそいつ頼ればイイよ。ジジイだけど、けっこー話のわかるヤツだからさ」

香ノ木に背を向けて清瀬の顔を見ながらドアを潜《くぐ》り抜けると、三宗は廊下に出るなり顔を伏せた。

廊下の向こうではメイドたちも様子を窺っている。合わせる顔がない。

「三宗」

香ノ木の声が追ってくる。

そんな声で呼ばれても、振り向けるはずがない。

三宗はその場に白いタイを投げ捨てて、執事室に戻った。私物なんて、ほとんどない。この屋敷を出て行くためのジャージとデニムさえあればいい。


公園のベンチで新聞を広げる。

昔は新聞を読めと言われてももっぱらテレビ欄と四コマ漫画だけしか見なかったのが、今は一面がどちらかも知っているし社会面は隅から隅まで目を通すようになってしまった。習慣とは恐ろしいものだ。

社会面経済面、欄外の週刊誌の見出しまでくまなく探しても、その後香ノ木家をめぐる暴力団との関係なんて見出しは見かけてない。

清瀬が黙ったのか、あるいはそういうネタも金で黙らせることができるのかは知らない。

三宗の下手な芝居が効果的だったなんて思わない。

別にあんなもの、執事を辞めるのにちょうどいいタイミングだったから利用しただけだ。助けてもらった礼を仇《あだ》で返していないことがわかれば、もうどうでもいい。

三宗は駅で買った新聞を丸めて、ゴミ箱を探した。

朝焼けの中で、電車の走り出す音が聞こえる。

屋敷にいればもうすぐ起床時間だ。

半年近くあの屋敷で過ごしたけれど、昔のように昼夜が逆転した生活に戻るのには一週間もかからなかった。

執事室まで追いかけてきて出て行くことはないと説得してくれた加納や里井に礼を言うと、三宗は一時間後には屋敷を後にした。まだ昼間で、その日の晩は二十四時間営業のレストランで時間を潰した。安いファミレスの味がやたらと懐かしく感じた。

翌日は健康ランドで、その後はネットカフェを根城にしている。

執事の給料っていうのは破格の値段らしい。

屋敷にいる間は金を使うヒマもなくて記帳にすら行っていなかったけれど、この先しばらく遊んで暮らせそうな額が貯《た》まっていた。

髪も黒いことだし、全うな仕事に就こうと思えば就けるのかも知れない。

だけどそこも、やがて三宗が元やくざだと知られれば同じことの繰り返しだろう。

他の組員たちがどうしてるのか知らない。菖蒲会の組長が塀の中でどうしているのかも。

「……え？　もしかしてみっくんじゃない？」

新聞を捨てるゴミ箱を探して公園を出ると、甲高い声に呼び止められた。

体の線をあらわにしたシャツに、短いスカート。そこから伸びた細い足に派手な色のハイヒール。

長い髪を揺らしてこちらを覗き込んで来たのは、夜の勤めを終えて帰宅途中の女だった。

どこの店かは覚えていない。確か、菖蒲会がよく利用していたクラブの女だ。

いつの間にか昔のシマに足を踏み入れてしまっていたのかと思っていたけれど、違う。女が河岸を変えただけだろう。

「え、みっくん？　三宗くんだよね？　やだ、久しぶり！」

まだ酔っ払ってるんだろう。早朝の住宅街に響くような高い声で笑って、女が駆け寄ってきた。

「すげー。よくわかったな」

頭も黒くなっているのに。

捨てる場所のない新聞を小脇に抱えたまま首を竦めて見せると、女が倒れこむように抱きついてきた。

「ね！　あたしもスゲーって思った！」

「久しぶり」

「ホント、久しぶりー！　今何やってんの？」

三宗の腰に腕を回したまま、女は腰をすり寄せるようにして顔を覗き込んでくる。

酒とメンソールの煙草と香水の入り混じった匂いが立ち上ってきて、三宗は顔を逸らした。

「んー……ンか、ぶらぶら？」

「仕事は？」

菖蒲会があんな形で散ったことを、女だって知らないわけじゃない。三宗が苦い顔を浮かべると、女も少しばかり黙った。

「……ウチもね、みんなが来ないようになって、お店閉めちゃったの」

「そっか。……悪ィことしたな」

夜営業の飲食店がいかにぎりぎりの状態で成り立っているか、三宗は母親の店を見ていたから多少はわかるつもりだ。そこへ、常連が一気にいなくなればあっけないものだろう。

景気のいい頃には毎晩のようにみんなで集まってボトルを開けた時もあった。

先代が生きているうちは、金がなくても飲みに行った。そういうところで金を出し惜しむのはやくざのやることじゃないと言われて、遠慮せずに飲んだ。

代が変わった後、店がどうなっているかを気にしたこともなかった。組のことで頭がいっぱいだったとはいえ、悪いことをした。

「全然へーき！　あたしはまだ若いからこうして店も変えられるし！」

朗らかに笑った女は、突然思い出したように三宗から離れると、小さな鞄を開いて名刺を取り出した。

薄ピンク色の名刺に店名と女の写真、名前が印刷されている。

今度店に来てねということだろう。あまり気が進まないけれど、三宗は曖昧に笑って名刺をジャージのポケットにしまった。

「ねぇ、……今何してるの？」

その様子に、女が急に声を潜める。

女っていうのは、どんなに若くても心配げに声の調子を下げると急に母親みたいな響きを帯びるものだ、と驚いて三宗は笑った。

「その質問、二回目。テキトーだって。なんもしてねェよ」

今も公園で新聞読んでたし、と背後の公園を振り返ると、女も一緒になって覗き込む。

しかし視線を三宗の顔に戻してもまだ笑っていなかった。

菖蒲会の面々が今頃どうしているのか、女は知っているのかもしれない。三宗が仲間から裏切り者だと誇られていたことも。

三宗はため息を吐いて、頭を掻いた。

「あー……こないだまで仕事してたんだけど。……ま、なんだかんだで辞めてきた」

放り出してきたと言ったほうが正しいかもしれない。

一歩間違えば取り返しのつかない迷惑をかけたかもしれないのに、後始末もせずに逃げ出してきた。

もっとも、あの場で三宗ができるフォローなんて何もなかった。あの場に留まらなかったことが唯一の正解だったのかもしれない。自分はどうしたらよかったのか。

この数日、ずっとそれを考えていてろくに眠れもしない。

週刊誌の見出しや新聞を読んで大事になっていないことを確認して、だけどそれも加納や里井がフォローしてくれた結果かもしれないと思うと苦しくなる。申し訳ないと思うべきなのに、どこか悔しいという気持ちがあって、自分でもよくわからない。

だからといってあの場で清瀬を殴らずにいたほうが正しかったとも思えなくて、そんな気持ちでいる以上、結局三宗はあの場にいる人間じゃなかったんだろうと再確認した。

あの時、何も考えられなかった。

衝動的に行動するのはたぶん、執事の行いではないだろう。

あの時香ノ木がどんな顔をしていたのか、それだけがずっと気になっていた。

「ねぇ、ウチにくる？」

知らずうつむいた三宗の顔を下から覗き込んで、女がようやく微笑んだ。

「は？　ボーイってことか？」

確かにこのままぶらぶらしていても仕方がない。働き口を探そうとは思っていたところだ。とはいえ、元やくざ者が働ける場所なんて限られている。

「あ、ボーイも空きがあれば紹介はしてあげられるけど。そうじゃなくて、あたしんち」

再び女が三宗に抱きつくと、薄いシャツに包まれた豊満な胸が押し付けられた。

まさか公園で寝泊りしていたとは思われていないだろうが、それにしても定宿がないことは見透かされたということだろう。そもそも、クラブに通っていた頃から菖蒲会の事務所に寝泊まりしていたのだし。まさか女がそんなことまで覚えていたとは思わなかったが。

それにしても、仕事を紹介する前に家に招くというのは三宗にヒモになれとでも言っているんだろうか。

「……だって三宗くん、捨てられた犬みたいな顔してる」

三宗のジャージに頬を押し付けた女が、つぶやくように漏らした。

それは、ちょっとだけ笑えた。

犬か。

捨てられたのか逃げ出したのかはわからない。菖蒲会には見捨てられ、香ノ木の屋敷からは逃げ出しただけだ。結局は野良犬ということだろう。

また、居場所を失った。

そのことがようやく心の中に冷たく響いてきて、三宗は目を閉じた。

「ねぇ、……あたしが慰めてあげる」

まぶたを落とした三宗をどう思ったのかは知らない。女が囁くように言って唇を寄せてきたが、三宗はそれを避けるように体を離した。

「悪ィ、気分じゃねェんだ」

女の香水の匂いが鼻につく。

昔は気にもならなかったのに、今は顔を背けたくなるような強い匂いだ。

女にまたなと言って手を振ると、いつか嗅《か》いだ紅茶の香りが思い出されて三宗は鼻を擦《こす》った。

紅茶の香りも、香ノ木のベッドのリネンの香りも、もう一生嗅ぐ機会はない。

女を抱けば忘れられるだろうと思っていた香ノ木のからかいも、もう忘れる必要がないのだから。

＊　　＊　　＊

「日高さんですか」

昼下がりの喫茶店。

日当たりの良いテラス席についた老人は、三宗の姿を見るなり立ち上がって手を掲げた。

待ち合わせをしていたとはいえ、どうして三宗がわかったのか不思議で面食らっていると、老人は目尻の皺を深くして声もなく笑った。

「同じ匂いを感じ取ったんでしょうか」

同じ匂いなんて発しているものか。

三宗はくたびれたシャツに細身のパンツを穿いて、尻のポケットに入れたウォレット以外何も持たない根無し草だ。対して老人は、白くなった髪を後ろにきっちりとまとめて仕立てのいいスーツを嫌味もなく着こなしている。靴だってきれいに磨かれて、全身から滲み出る上品さを隠そうともしていない。

皺の深い顔に枯れて節くれだった指先。年齢は八十を超えているだろうかと思われるのに背筋はしゃんと伸び、しかし威圧感を与えない穏やかな物腰だ。

「……お呼びだてしてすみません」

三宗はポケットから手を出して老人に頭を下げると、正面の椅子を引いた。

店内から店員が出てきて、注文を聞く。老人はホットコーヒーを飲んでいるようだ。

「えーと……じゃあ、紅茶を。ストレートで」

注文して三宗が椅子に座りなおす間、老人はまるで我が子でも見るかのように目を細めてこちらを見ていた。

初めて会う男だ。なんだか懐かしまれているようなその目つきに、三宗は苦笑した。

「やっぱり、おかしいですかね」

「え？」

老人に会うことが決まって、なんとか白いシャツだけは用意したものの量販店で売っている安物だし、サイズも合ってない。パンツは黒っぽい色のデニムで済ませてしまったし、髪もまとめてない。

生活リズムが狂っているから顔も疲れているだろうし、こうして老人と対峙すると自分が惨めに思えてくる。以前なら、なんとも思わなかったはずだ。世界が違いすぎて。

「俺みたいな男が、香ノ木家の執事やってたなんて。信じられないでしょう？」

自分でも信じられない。

乾いた笑いを漏らして首の後ろを掻くと、老人から視線を伏せた。

屋敷を飛び出してから二週間。寝泊まりしているネットカフェで香ノ木家について調べ始めたのが一週間前。屋敷の執事の情報なんてどう検索してもヒットしなくて、結局は人に聞いて回った。

中には怪しいヤツが嗅ぎ回ってると訝しがった者もいたけれど、中には三宗の顔を覚えていた人もいて、何度も肝が冷えた。

細い糸を手繰るようにしてようやく前任の執事に辿り着くと、アポイントを取った。

「とんでもないですよ。そうですね……少し若くて驚きましたが。屋敷は変わりないですか」

「あなたがいた頃のことはわかりませんが、まぁ、たぶん」

三宗が答えに悩んで首をひねると、老人は声を漏らして笑った。

声だけ聞いていると若々しくて、張りがある。体調を崩して入院したと聞いていたけれど、もうすっかり元気そうだ。

「それはそうですね。失礼いたしました」

胸に手を当てた老人が小さく頭を下げた時、紅茶が運ばれてきた。

風に乗って香ってきた匂いでわかる。イギリス産のダージリン。香りを出すために少し混ぜものをしているようだ。

「……私がお暇を頂いてから、もう五年になりますか」

三宗の前に紅茶が置かれるタイミングを待って、ゆったりと話しだした老人の声は空気をよく含んで、耳に優しい。

香ノ木はこんな老人がそばにいる環境で育ったのだと思うと、今更ながらどうして自分なんかを執事にしたのか理解できない。

加納や里井たち使用人の納得がいかないのも肯けるし、行く先々で怪訝そうに見られたのも当然だ。

「体調はもうよろしいんですか」

「ええ、お陰様で」

ゆったりと肯いた老人は顔色もよく、椅子の脇に杖《つえ》をかけてはいるがさっき三宗を見つけた時は何にも摑まらず立ち上がっていた。

「本当に……お恥ずかしい話です。長年お仕えした主人を亡くし、目の前が真っ暗になってしまって。

この歳ですから、狭心症のきらいもあって、勤め上げられなくなって」

自分が家族のように仕えていた人間が亡くなるショックは、三宗にもわかる。

先代組長が亡くなったと聞いた時はまるで世界の終わりのように感じた。それでも倒れ込まずに済んだのは若さもあったかもしれないけれどそれ以上に、菖蒲会を支えなければいけないと思ったからだ。二代目と一緒に。

「葵、様……のことは、心配ではなかったんですか？」

倒れ込むようなショックを受けたという老人にこんな質問は酷だ。

そうは思っても、三宗に他の聞き方はできなかった。老人に会うまでいくらでもうまい言い方がないかと考えていたけれど、無理だ。

両親を失ったうえに執事まで辞めてしまったら、香ノ木が一人になるとは考えなかったのだろうか。

ただひとつだけ、それが聞きたくて老人に会いに来たようなものだ。

「わたくしがお仕えしたのは、坊ちゃんのお父上、ただ一人でございます」

「！」

穏やかに浮かべられた微笑みに、三宗はぎくりと背筋を強張らせた。

こんなことを聞いたら老人が気に病むだろうかなどという心配は何の意味もなかった。健康を害さなくても、仕える主人がいなくなってしまった時点でこの執事は屋敷に残る意味がなかったのだ。

「それ、でも……それでも、その坊ちゃんのために残ろうとは思わなかったんですか？　葵だって、一人になったばかりだったのに」

「坊っちゃんはもう既に後を継げるほど成熟していらっしゃいましたから」

「歳の問題じゃねェだろ！」

思わず声を荒らげて、ハッとした。

テーブルの上のカップが揺れる。三宗は思わずテーブルを摑んだ手を下げて、顔を伏せた。

どうして、老いた自分でさえショックだったことが香ノ木にはショックじゃなかったなんて思えるのか。もちろん、支えたくても支えられない状況だってある。万全じゃない体調でできる仕事じゃないこともわかっている。

それでも、自分だったら香ノ木を支えるために屋敷に戻っただろう。

もしショックで倒れてしまっても、退院するなり屋敷に戻った。だってこの老人ならば、執事として望まれていたんだから。三宗とは違って、居場所があったはずなんだから。それなのに。

「……幼い頃から坊ちゃんのことを見てまいりました」

三宗が取り乱した後も、老人の静かな口調は変わらない。

視線を上げると、気分を害した様子もなく微笑んだままだ。これもまた、ひとつの仮面のようだ。

「昔は利発で活発な子でしたが、いつからか情緒に乏しくなられました」

そんなことはない。

言い返したい気持ちをぐっと堪えて、三宗はテーブルの下で拳を握りしめた。

そんな風に思ってるのは屋敷の使用人と、仕事の付き合いでしか香ノ木を見ていない人間だけだ。香ノ木は笑いもすれば、取り乱しもする。理不尽なことで怒りもするし、寝ぼけたり、甘えたり、他の誰よりもよっぽど感情が豊かなのに。

「日高さんの前では、そうではなかったようですね」

「っ、」

飲み込んだ言葉が漏れ聞こえてしまったのかと思って目を瞠ると、老人はさもおかしそうに肩を揺らして笑った。

香ノ木の両親は知らないけれど——屋敷の中で肖像画は見たような気がする——なんだかこの執事と話していると、香ノ木のことを思い出してしまう。品が良くて、だけど人をからかうところなんかが。

「え……と、そうですね。結構よく笑うし、冗談も好きだと思ったんですけど」

「それは……」

今度は老人が目を丸くする番だった。垂れたまぶたを押し上げて、白濁した目を覗かせながら息を呑む。

三宗からしてみたら普通のことのような気がしているけれど、確かに加納や、馬場にいた佐伯なども香ノ木の様子を見て驚いていたようだった。

「少し、羨《うらや》ましい。……ですが、さすが坊ちゃんの選んだ方です」

選ばれたというよりは、やけくそだったんじゃないかと今になってみれば思う。

確かに三宗は香ノ木の共犯者には最適だったんだろう。香ノ木のことを知らず、臆《おく》せず、しかも本来なら執事になんてなりようもないくらい柄も素行も悪い男だ。香ノ木にしてみたら一世一代の反抗だったのかもしれない。

ただそれは三宗じゃなくても良かった。

選ばれたなんて、驕る気にはなれない。

三宗はどことなく寂しそうにした老人に曖昧に笑ってみせて、紅茶のカップを手に取った。

「どうして執事をお辞めになったんですか？」

思わず、紅茶を喉に詰まらせかけた。

ぎくりと体が強張ってしまったのが老人にもわかっただろう。あるいは、仕返しをされたのかもしれない。

老人に香ノ木を放って屋敷を去ったと責める筋合いは、本来なら三宗にもない。三宗だって屋敷を逃げ出したのだから。そう、言われた気がした。

本当は今日、老人に会って執事に戻って欲しいと頼むつもりだった。そのために必死で探し出した。

しかし彼が香ノ木の――葵の執事ではないとはっきり言ってしまった以上、もう口にもできない。

三宗にできる、最後の仕事だと思ったのに。

「日高さんは坊ちゃんの執事に向いていると思いますよ」

うつむいてしまった三宗を掬《すく》い上げるような優しい声。

そんなおためごかしは、何の役にも立たない。三宗は頬を引き攣らせるように笑って、また顔を伏せた。

「ご自身では気付いておられないようですが、どうか自分の主人を信じてください。信頼していなければ、執事を頼んだりはいたしません」

「俺が執事になったのは、……ただの成り行きですから」

絞り出すように言葉にすると、余計に落ち込んだ。

真実を声に出すと追い打ちをかけられるような気分になる。ただの自虐だ。

香ノ木が三宗を偶然拾って、反抗心からの思いつきで執事にした。それだけのことだった。そのことにもっと早く気付いていていたら三宗もこんな本気にならなかったかもしれない。

「そうなのですか？　わたくしにはそうは思えません。成り行きでお願いしたことであっても、坊ちゃんは日高さんのことを本当に――」

「もう、戻れないんです」

老人の言葉から耳を塞ぎたい気持ちになって、三宗は思わず声を上げた。

執事なんてまっぴらなんだと言えたらどんなにか良かっただろう。

だけど、本当は屋敷で過ごすのが少しも嫌じゃなくなっていた。早起きも、香ノ木の支度をするのもスケジュール管理も食器の確認もワインセラーの勉強も、何だかすごく楽しかった。

紅茶を淹《い》れるだけで香ノ木が喜んでくれる、それだけで毎日が楽しかった。

居場所があればどこだっていいわけじゃない。

香ノ木のそばで、香ノ木の役に立てることが誇らしかった。香ノ木の一番の理解者だっていう優越感もあった。

執事としてもっとやりたいことだってあった。

三宗が香ノ木のそばにいることが誇らしく思えたように、香ノ木が自慢できるような執事になりたかった。

紅茶についてもワインについても、もっと学べることはたくさんあった。屋敷にいて初めて、三宗は今までろくに勉強してこなかった自分を悔やんだし、これからでも遅くないと思えた。

拳じゃない武器が欲しいと思った。

でも、もう戻れない。

「戻れない？　一体何故、そう思われるんですか」

老人の問いかけに、三宗は黙って首を振った。

勉強してこなかった後悔なら取り戻せても、自分がしてきたことはどうにもならない。

清瀬を殴ったことも取り消せはしないし、あのまま屋敷にいればこれから先ずっと、三宗の経歴はついて回る。あんな風に思っているのは清瀬だけじゃないはずだ。

「日高さん。これは執事としてではなく、あなたよりは少し長く生きている者としてお話ししますが……人生で、取り返しのつかないことなんてほんの少ししかありません」

コーヒーを静かに嚥下した老人の言葉が、テラス席に吹く風に乗って優しく流れていく。

三宗は深くうつむいて背中を丸めたまま、唇を噛んだ。

「わたくしは、あの時主人と一緒にでかけていれば……と、何度後悔したか知れません」

「！」

老人の顔を仰ぐ。

寂しげに曇った老人の表情を見ると、言わせてはいけないことを言わせてしまった気がした。

主人と一緒に死ねていたら良かったのに――そう思いながらこの五年間を過ごしてきた老人の気持ちを思うと、胸が詰まる。もしこの瞬間にも香ノ木が事故に遭ってでもいたら、三宗だってそう思ってしまうだろう。

自分が一緒にいたら助けてやれたかもしれない。そう思うだろう。

何年も先、香ノ木が年老いて病床に臥《ふ》せたなんてニュースを目にしたら、三宗は代わってやりたいと思うだろう。

だって香ノ木は三宗の、主人だから。

「――……っでも、俺はもう、戻れないんです」

涙がこみ上げてきて、三宗は思い切り目を瞑った。

張り上げたはずの声は掠れて、唇が震える。

「俺がいたら、迷惑をかけてしまう。俺がいなくなることで、あの人を守れるから」

「坊ちゃんがそれを望んだのですか？」

「っ、そんなこと……知らない。でも、俺じゃ、ダメなんです」

涙を堪えた三宗の濡れた声に、老人が白い眉を下げて困ったように笑った。

まるで、駄々をこねる子供を相手しているような気分にさせたのかもしれない。

「……確かに、執事たるもの主人の命をただ黙って聞いているようではいけません。そんなことならば、フットマンと同じです。主人が誤っていればそれを正すことができてこそ、執事であると言えましょう。日高さんがそう仰るなら、もしかしたらそうなのかも知れませんね。あなたは主人から離れることで、主人を守った。……そうなのですね？」

三宗は黙って肯いて、鼻を啜《すす》った。

これじゃ子供扱いされて当然だ。屋敷を飛び出してからずっと誰にも言えないままでいた気持ちを吐き出したせいで胸が痛くて、苦しい。

だけどこれももうおしまいだ。

この老人と別れれば、もう二度と香ノ木に関わることもないだろう。

あの日拾われるまで、交わることのなかった人生だ。元に戻るだけだ。

「――では、日高さんの気持ちはどうですか？」

「は？」

老人に礼を言って別れる言葉を探していた矢先、思いがけず尋ねられて思わず声をあげた。

「いや、……俺の気持ちは」

三宗をからかう香ノ木の屈託のない笑顔が頭をよぎる。

あんな表情は、この先必死で香ノ木のニュースを追ったところで見ることはできないだろう。

あるいは何か、香ノ木にとってめでたいニュース――たとえば香ノ木家の当主が結婚したという報道とか――でもあれば、見られるのだろうか。

香ノ木が自分以外にあの笑顔を見せられるようになればいい。それが香ノ木の幸せだと思う。胸がキリキリと痛むのは、今だけだ。

「俺は、あの人が幸せになれることが一番いい」

そこに三宗がいなくても、香ノ木が笑っていられれば。

「坊ちゃんの幸せとは？」

「なん……だろ、普通に、笑って過ごして欲しい。俺はあんまり仕事のことはわかんないんですけど、人からすげェ誤解を受けてるみたいだから、そういうの笑い飛ばせるような……安心できるところを見つけて欲しい、かな」

馬場で見た香ノ木の伸び伸びとした笑顔を思い出す。

あんな風に肩の力を抜ける場所があれば、香ノ木にとって幸せなんじゃないかと思う。それも三宗の勝手な想像だけれど。

「あの人笑うとちょっと可愛いし、黙ってるときれいすぎて怖い感じがするだろ。だから誤解を受けやすいんだと思う。まあ、そうニコニコもしてらんないのかもしれないけど、勿体ないなって思って」

老人が顔を皺だらけにして笑って肯いてくれると、三宗は次から次へと言葉が溢れ出してきてテーブルに身を乗り出した。

屋敷でも香ノ木の話をしたことなんてあまりなかった。

フットマンを相手に香ノ木の話もし難かったし、堰《せき》を切ったように溢れ出してしまう。

老人相手にまくし立てる三宗の姿をテラス席の前を通りかかる通行人が物珍しそうに見ていった。

知らない人から見ればテンションの上がった孫の話を笑顔で聞いてくれている祖父の姿に見えるのだろうか。

「俺には結構ワガママも言ってたし……だから、ワガママを言える相手がいればいいかなって。あんなワガママなのに、今まで誰にも言えてなかったのかと思ったらすげェ我慢してたと思うし」

「なるほど」

さっきまで、自分の知らない「坊ちゃん」の話を驚いたように――あるいは少し寂しそうに聞いていたはずの老人が笑顔のまま大きく肯くと、不意に三宗の頭上を見て顔を上げた。

店員が会計にでも来たのだろうか、そう思って三宗も背後を振り返った。

「――私がワガママなのだとしたら、それはお前のせいだ。だから心配には及ばない」

「ッ、！」

反射的に、席を転げるように立ち上がる。

三宗の後ろには、香ノ木の人形のような顔があった。

「…………」

驚いて、声も出ない。

老人の顔を振り向くと口元を嗄《しゃが》れた手で覆い隠して笑っている。

嵌められたのか。

頭が真っ白になって、思わず後退る。

とっさに逃げ出さなかったのは紅茶の代金を支払っていないという、取るに足らない理由だった。

もしかしたらそれは自分への言い訳だったのかもしれないけれど。

「香ノ木家の執事を探していると嗅ぎ回って、私の耳に届かないとでも思ったのか？」

睫毛を伏せた目を向けられると、蛇に睨まれた蛙《かえる》のような気分だ。

久しぶりに見る香ノ木の顔は心臓に悪い。凄絶《せいぜつ》なほど艶《あで》やかで美しく、迫力がある。呼吸もできないほど魅入られてしまって、目を逸らすこともままならない。

「わ、——……悪、かったよ。……ごめん。調べたりして」

すみません、と老人に向かって頭を下げると小さく会釈で返された。

三宗が嗅ぎ回っていれば香ノ木にも知られるかもしれない可能性は、考えなかったわけじゃない。

だけど、三宗に悪気があってそうしているわけじゃないことくらい香ノ木ならわかってくれるだろうと思ったし、甘えがあった。

それに香ノ木からしてみたら三宗と関わることなどもう避けたいに決まっているはずだから、知られたところで構わないと思っていた。

とはいえ、老人がこんな形で三宗を陥れるとは思わなかった。

確かに暇をもらったとはいえかつての主人――の息子に連絡を入れるくらいは簡単だろう。でも、それで香ノ木がわざわざ出向いてくるなんて。こんな人通りの多い、喫茶店に。

「……アンタ、一人？」

ふと我に返って周囲を見回してみたが加納の姿も里井の気配もない。

大通りに面してはいるけれど見慣れた車や運転手の姿があればいくら三宗でも気付いたはずだ。それもない。

「一人じゃない。執事が一緒だ」

シツジ、とつぶやいて老人に視線を向ける。

老人は目を瞑って、静かに首を振った。

「三宗。私は暇を出した覚えなどない」

ぎこちない動きで香ノ木を仰ぎ直すと、薄い唇から相変わらず抑揚のない、静かな声に絡め取られる。

三宗はごくりと喉を鳴らしてそれに身を任せそうになってから、慌てて首を振った。皺だらけのくたびれたシャツの裾を握りしめる。

定宿もない、職もない、ホームレスみたいな人間を執事と呼ぶなんてどうかしてる。

「いや、フツーに考えて解雇だろ。アンタ、俺が何したか見てたよな。これから何度だって同じことがあるかもしれねェんだぞ、どう考えたって俺に執事なんか無理なんだって、やっぱ言わせんなよ。」

大きな身振りをつけて笑いながら香ノ木の言葉に呆れ返るけれど、胸が押し潰されそうだ。

せっかく香ノ木の顔を見ずに逃げ出してきたのに、どうしてわざわざまた現れたりするんだ。そんな嫌がらせをするような男だと思っていなかったのに。

「執事を辞めたいと？」

「っ……！」

なんで、そんなことを三宗の口から言わせようとするのか。

それでも言わなければ許されないというなら、言うしかないんだろう。強張った唇を震わせて、しゃくりあげる。肚《はら》に力を込めてなんとか声を絞り出そうとするけれど、深くうつむいた三宗の口からは喉が詰まって、うまく出てこない。

「三宗」

拳を握りしめた三宗の肩に、香ノ木の手が伸びる。

反射的に避けようとしたけれど、遅かった。捉えられて、顔を覗き込まれる。

香ノ木の真剣な眼差《まなざ》しに射抜かれて、三宗は弾かれたように声をあげた。

「だってもう、無理だろ！」

「無理じゃない」

「俺がいたらアンタに迷惑かけんだよ！　そんなの、最初からわかってたじゃん」

「ああ、わかっていたことだ。私は承知した上で三宗を執事にしたいと思ったんだ。それを後悔したことも、間違っていたと思ったこともない」

何か言い返そうと息を大きく吸い上げて、――だけど何も言葉が出てこない。

三宗があんなことをしたのに、それでも後悔してないなんてどうかしてる。

「お前を執事にして良かった」

三宗とは裏腹にふと双眸を細めた香ノ木が頬を緩めると、ますます自分の情けなさに泣き出したくなってくる。

「……なワケねーじゃん、なに言って――」

「私が両親を殺した、なんて口さがないことを言う者がいるのは確かだ」

「っ、！」

香ノ木に摑まれた肩が強張り、体がさっと冷えるように感じた。

お前はすぐ頭に血が上るからと嗤われていた頃とは違う。本気で怒りを覚えると血が凍りつくようだ。

香ノ木に限ってそんなことあるはずがないのに。

清瀬に暴力を振るったことは今でも後悔しているけど、それは香ノ木に迷惑をかけてしまったからだ。

執事じゃなくなった今なら、そんなあり得もしないことを言う野郎をひとりずつぶちのめして回りたいくらい。

「……ンなこと言われて笑ってんじゃねェよ」

わからないのは香ノ木だ。

三宗は怒りでハラワタが煮えくり返りそうなのに、香ノ木は表情を和らげたままだ。今こそ不機嫌そうにしてみせろよ。

「三宗が怒っているからだ」

「ハァ!?」

「お前は自分が貶《おとし》められても我慢していたのに、私を侮辱されて手を上げた。……そうだろう?」

その通りだ。

その通りだけど、何だか気恥ずかしくて即座に肯けずにいると、香ノ木が視線を伏せて小さく笑ったようだった。

「……私は人形じゃない。私には私の望むものがある。それを口にしていいんだと言ったのは、三宗、お前だ」

摑まれた肩とは反対側の肩にも手が添えられると、三宗は身動《みじろ》いだ。

別に逃げたりしねェからと口走りそうになって、みっともなく屋敷を逃げ出した自分が言っても説得力がないなと言葉を飲み込む。

うつむいた三宗の顔を覗き込むために身を屈めた香ノ木が、他の人の目にはどう映っているんだろう。

まるで、縋りついているみたいだ。

そんなはずはないのに。

「だから、私は『ワガママ』になったんだ」

「……俺に執事を続けろっていうのが、アンタのワガママ？」

盛大にため息を吐いて、香ノ木をじろりと見返す。

目に見えてホッとしたように香ノ木が表情を和らげた。その顔を見ただけで、何だか泣きたい気持ちになってくる。

「そうだ。……それから、三宗のワガママも聞かせて欲しい」

肩を摑んだ香ノ木の手の力は思いの外強かった。その手の力が緩められてはじめて、そのことに気付いた。

とはいえ、三宗がそれを振り払おうとして身動ぐとすぐにまた力が込められる。

「……言えるわけねェだろ」

「言うんだ。執事は主人の希望を叶えるものだ、と言っただろう」

「もう主人じゃねェし」

「お前を手放したつもりはない」

息が詰まって、返す言葉を失った。

香ノ木にそんなことを言われたら誰だって腰が抜けそうになるだろう。

香ノ木が他の人の前でも朗らかに笑えるようになればいいと思うし、香ノ木にワガママが言える場所があればいいと思う。

だけど、その時香ノ木の見つめる先にいるのが自分じゃないということを考えるたびに心が軋むようだった。

「……ハ、すげェ殺し文句。そういうの、女に言えよ」

「俺は三宗に言ってるんだよ」

たちの悪い男だ。

呆れて言葉もないというように顔を逸らすと、いつの間にか老人の姿はなかった。

驚いて、思わず声を上げようとすると香ノ木の手が三宗の顎を摑んで顔を引き戻す。

「いや、おま……っ待て、あの」

これは、誤解を生む。

三宗の背後はたくさんの人が行き交う大通りで、正面は店内にも客の入っている喫茶店がある。

そもそも香ノ木は正体がわからなかったとしても人目を引く容姿をしているし、ここまで十分揉めてしまった手前注目を浴びている。

そんなところで、これじゃまるで、今にもラブシーンが始まるみたいじゃないか。

これは、ヤバい。

「待て、落ち着け。葵」

葵、と呼ぶと切れ長の瞳がまるで蕩けるように細められた。

ただ名前を呼んだだけだ。それだけのことでどうして、こんなに幸せそうな表情ができるんだ。

——そんな顔をされたら、離れられない。

香ノ木の気が済むまで隣で名前を呼んでやりたくなってくる。

「いいよ。三宗が嫌だというなら執事の職を解いてあげてもいい」

「っ、」

さっきまで自分は執事を辞めなければいけないんだと思うたびに泣きたいような気持ちになっていたのに、辞めてもいいと言われると、また胸を締め上げられる。

こんな吐息のかかるほどの距離で解雇されるなんて。

しかも、何度だって名前を呼んでやりたいと思ったその瞬間に。

ああそうかよと香ノ木の手を振り払ってこの場を逃げ出してしまいたい。ただでさえ衆目を浴びている中で泣くような真似だけは真っ平だ。

「その代わりこれからは、私の恋人としてそばにいてほしい」

唇が触れ合うまであと数センチという距離で、香ノ木が笑う。

三宗が目を瞬かせると、鼻先が擦れた。

「……、は？」

「どうか私のワガママを聞いてくれないか？」

囁くような声を紡ぐ香ノ木の唇が、三宗に触れた。

答えを聞く気なんてないだろうと怒る暇も与えてくれずに。


いたたまれない。

カフェからそのまま引きずられるようにしてタクシーに乗せられ屋敷に連れ戻された三宗は、香ノ木の私室にいた。

広いカウチに腰を下ろし、くたびれたシャツとデニムというみすぼらしい姿のままだ。

前任の執事に会うからにはせめもの礼儀とばかり、自分なりに失礼のない服装をと思って用意したものだけれど、こうして屋敷に入るとたんにみすぼらしく感じる。

初めて屋敷に来た時は意識もなかったし、目が醒めたらシルクのパジャマを着せられていた。屋敷を出ていく時は薄汚れたジャージ姿が自分にはお似合いだと思った。

今は――よくわからない。

公衆の面前で香ノ木からキスをされて呆然としている間に屋敷まで来てしまったけれど、だからといって執事に戻れるなんて今でも思ってない。

じゃあ、どうしてここにいるんだ。

「清瀬のことなら心配しなくて構わない。彼は何も言わないはずだ。叔母は何かあれば離縁してもいいと言っているしね」

帰宅するなりバカラのグラスに注がれた水を呷った香ノ木は、まるで昨日のことの続きのようにそう言ってスーツのジャケットを脱いだ。

そうだ、仕事は大丈夫なのだろうか。

半月ほども屋敷を離れていた三宗に香ノ木のスケジュールはわからない。だけど三宗が老人と会う日取りを決めたのは数日前のことだし――思えばそれも老人が香ノ木のスケジュールと照らし合わせて日程を決めたのかもしれないけれど――三宗を連れ戻すために香ノ木が時間を取ったのだとして、それも数時間のことだろう。

今何時なのか、三宗は無意識に胸のポケットを探ろうとしてハッとした。

燕尾を着ているわけじゃない。胸にはポケットもないし、そこに懐中時計はない。すべて、屋敷を出る時に置いていったのだから。

「龍田組も、まさか本家《うち》と争う気はないようだよ。そんなことをすれば自分たちに不利なことくらい、わかるだろうからね」

脱いだジャケットをテーブルに掛け、カウチに踵を返した香ノ木を仰いで三宗はどこかぼうっとしながら肯いた。

言われてみれば、当然のことだ。

政界、財界、国家権力まで友好の深い香ノ木家に楯突《たてつ》けば、自分たちの痛くもない腹を探られてあっという間に潰される。

長いものに巻かれるほどやくざ者としての矜持を捨ててはいなくても、欲をかいて看板を取り上げられたらたまらない。三宗が龍田組にいてもそれはそうだと納得するだろう。

「だから、三宗が屋敷に戻ってきても構わないんだ」

「いや、それをあそこで言えよ」

思いがけず声が出て、自分でも驚いた。

混乱しきりでタクシーに乗っている間もろくに口がきけないでいたから。

声を出すと何だかやっと安心して――あるいは清瀬の件がなんともなかったということがわかって安堵して、ようやく三宗は大きく息を吐いた。

「無理じゃないと言ったのに私の話を聞かなかったのは三宗だろう」

小さく息を吐いて首を振った香ノ木の姿はカフェで見たような毅然とした振る舞いではなく、どこか子供が不貞腐れているように見える。

ああ、なんだか帰ってきてしまった――と感じる。

三宗は自分でもどうしたらいいかわからなくて、ぐったりとカウチに身を沈めた。ベルベットの生地が、肌に気持ちいい。

「知らねェよ。そもそも前の執事と共謀して俺をハメるとか、アンタもイイ性格してるよな」

「褒められてるのかな」

「褒めてねェよ」

ぐったりとカウチに凭れた三宗の隣に、香ノ木が当然のように腰を下ろす。

執事が主人の部屋でこんな風に足を投げ出して寛ぐなんて、加納たちじゃなくても眉を顰めるだろう。だけど香ノ木は一度も嫌な顔をしたことがないし――今となっては、三宗は執事でもない。

「……つか、俺を執事に戻すとかアンタ本気で言ってんの？」

問題は清瀬の件だけじゃない。

三宗はまた何かあれば手を上げてしまうかもしれない可能性がある。それは自分でも自信がない。

ただどうしても香ノ木のそばにいたいなら、庭師でも掃除夫でも、なんにだってなる覚悟はある。

「三宗が嫌なら執事じゃなくてもいい」

「嫌、……とは言ってねェけど」

くぐもった声をあげて、三宗は首を縮めた。

最初に執事になれと言われた時よりも、執事についてはわかっているつもりだ。

少なくとも自分がわかった気になるなんておこがましいと思えるくらいには執事が大変な仕事だってことくらいは。

老人に会って、今は余計にそう思う。

ただ彼のようにすべてを主人のために捧《ささ》げ、主人を亡くした痛みを自分が死ぬことよりもつらいと感じることができるのは少し羨ましい。

香ノ木ただ一人のために自分の命も惜しくないと思えるのは、たぶんこの屋敷には三宗だけだ。

香ノ木家なんてどうでもいい。たいした恩義もないし、想像できないくらい金持ちだとか伝統だとか歴史だとか、そんなのは三宗にはわからない。三宗が知っているのは今目の前にいる香ノ木葵という人間のことだけだ。

その香ノ木一人のためだけに人生をかけられる仕事が執事という職だけなのだとしたら。

「三宗」

考え込んだ三宗の顔に影が落ちて、ふと視線を上げる。

目と鼻の先に、香ノ木の長い睫毛があった。

「！　っだから……近ェ、って」

ぎょっとして、慌てて香ノ木の肩を押さえながらカウチの上を後退る。

肩についた手を香ノ木の長い指が摑んだ。

「執事というのは主人に人生を預けるものだ。他の女性と婚姻することもなく、生涯、主人に添い遂げる」

香ノ木との距離は広がらない。三宗が逃げようとすれば香ノ木が近付いて、形のいい薄い唇から甘い吐息を寄せてくる。

「――お前の人生を私のものにしたい。どこへも行かないでくれ」

グレイがかった虹彩の淡い瞳に射竦められ、三宗は呼吸も忘れてその美しい顔に思わず見惚れた。

何も、言い返す言葉がない。

それは三宗が望んでいることだ。

「お前がいてくれるなら、執事という名にはこだわらない。私の幸福を望んでくれるならもう私から離れないでくれ。私にはお前が必要なんだ」

香ノ木葵という男は、もっと冷静で淡々とした人間じゃなかったか。

他の人が思うよりは三宗は香ノ木の人間らしいところを知っているつもりだけど、それでも三宗に触れた手も、そばで感じる吐息も、声も言葉も、すべてが熱い。火傷《やけど》しそうなくらい熱くて、まるで熱が伝播したように頭がぼうっとした三宗は何も考えられないまま香ノ木を見つめ返していた。

「三宗」

瞬きも忘れて呆然とした三宗に答えを促す香ノ木の声が甘い。

少し、困って笑っているようでもある。

「……別に、俺は」

黙っていれば香ノ木の唇が近付いてきそうで慌てて声をあげると、思わず上ずった。咳払いをしてようやく香ノ木から視線を伏せると、三宗は意味もなくカウチの端を見ながら気恥ずかしさに歯噛みした。

「アンタに必要とされてるからここにいる、とか……そういうんじゃねェし」

確かに、これまでの人生でこんなに強く誰かから必要とされたことなんてない。

だけど、だからといって香ノ木が望んだから首肯するなんてことはない。三宗にだってプライドはあるし、何よりもこの屋敷は窮屈だ。

敬語なんて未だによくわからないし、燕尾は着慣れたとはいえ堅苦しいし。まだメイドの中には三宗を怖がっている子もいる。何より、世間から見ればどうあっても三宗はただの元やくざだ。

それでも。

「俺が、アンタのそばにいたいと思うから……それを、アンタが許してくれるなら、いてもイイ、って」

それ以上、言葉が続かなかった。

すぐ近くに寄せられていた香ノ木の唇が吸い付いてきて、目を瞠る。

「っだ……！　だから、なん、っ……アンタ、なんでそういう、っ……あのなぁ！」

すぐに腕を突っ張って引き剝がしたものの、唇には香ノ木の柔らかな感触が残ったままで、心臓がそこから飛び出してきそうだ。

香ノ木は三宗に拒まれたことを驚きもせず、ただどこか嬉しそうにしている。

いや、確かにあれだけ熱烈に欲しがった三宗がそばにいると言ったんだから嬉しそうにしてもらわなければこちらとしても拍子抜けするけれど、そういうことじゃなくて、香ノ木が笑っていると何だかからかわれているだけのような気がしてならない。

「だいたい、執事は結婚しないって……まあそりゃイイよ。別に結婚する予定もねェし、執事なんかやってたら女と遊ぶ時間ねェし。けどさ、主人は結婚すんだろ」

香ノ木の両親が結婚したように。

いつか、香ノ木がきれいな女と並んで神の前で愛を誓い、それが世間に祝福される日が来るんだろう。

主人の結婚ともなれば執事はそれは忙しいに違いない。各界から祝われるだろうし、顔見せのパーティーもあるだろう。メイドたちは新しい女主人の世話に走り回り、屋敷は大騒ぎになるだろう。

夜も寝ないで主人の慶事に奔走する執事を、香ノ木なら労《いたわ》ってくれるだろう。

でも、その時香ノ木の隣にいるのは妻になる女性だ。

「……そしたら別に、俺なんか要らねェじゃん」

香ノ木が笑いかける相手も、ワガママを言う相手も、もっと他にいればいい。

だけど——一番心を許せるのは自分がいい。そうじゃないなら、そばにいたってつらいだけだ。

誰でもいいなら、自分じゃないほうがいい。

必要だと言うなら、自分だけを必要として欲しい。

自分の女々しさに泣きたくなる気さえするけど、三宗には香ノ木だけしかいないなら、香ノ木にとってもそうであって欲しい。

だけどそんなの執事の望むことじゃないということもわかっているから、もう何もかも嫌になって膝を抱えて丸くなって自分の殻に閉じこもってしまいたい。

「別の人と結婚なんてしない」

三宗が抱き寄せようとした膝をそっと掌で押さえて、香ノ木がさらに距離を詰めてくる。既に腿《もも》が触れるほど近くにいるのに。

不貞腐れた子供のように口を噤んでうつむいた三宗の頬に手をあて、顔を覗き込んだ香ノ木は、微笑んではいたけれど笑ってはいなかった。

「私には三宗がいるからね。だから、恋人になって欲しいと言ったんだ」

「は、……っちょ、待て、……えっ？　アンタ、そういう……」

香ノ木の唇の感触がまだ残っている。

カフェでされたキスも、ベッドの中でいたずらに吸い上げられた感触も。

だけど、それに恋人なんていう言葉が結びつくと心臓は暴れだして顔も熱くなってくる。その頬に香ノ木が触れていると意識するとなおさらだ。

「私には三宗さえいればいい。他の女性に見向きなどしない。三宗だけを見ている」

澄んだ目が、三宗を見つめている。

言葉通り、三宗だけを。

微かな、三宗にだけ聞こえる程度の声で香ノ木が囁くと、催眠術にでもかけられたかのようにまぶたが重くなってきた。

「――三宗、目を閉じて」

頬にあてがわれた香ノ木の手がそっと三宗の肌を撫でてその心地よさに思わず目を閉じてしまった。

当然のように香ノ木の唇が三宗を食《は》み、短く、何度も吸い付いてくる。

「私のものになってくれ、三宗。心も、体も、……この先の時間もすべて。私はもう、お前のものだから」

唇から、直接熱を注ぎ込まれるようだ。

熱に浮かされたように三宗が返事をしようとすると、その薄く開いた唇に香ノ木の濡れたものが滑り込んできた。

「――ん、ぅ……ふ、」

思わず鼻を鳴らして、顎先を震わせる。

口内の舌を掬い上げられて吸いたてられるとそれだけで頭の芯《しん》が痺《しび》れたようになって体の力が抜けていく。

「三宗。……お前を、愛しているよ」

朦朧とした中で香ノ木の切なげな声が聞こえたような気がした。

それに自分がなんて答えたのかも、覚えてない。


舌の先が蕩けそうだ。

キスなんてしたのは一体いつぶりだろうと考えたけれど、あんまり記憶にない。

決して初めてではないはずだけれど、こんなに執拗《しつよう》に熱っぽいキスをされたことはない。

なんでだか知らないけれど香ノ木の舌は甘い気がして、一度それに気付いてしまうと三宗は香ノ木の背中に腕を回して自分から欲しがるように首を伸ばしていた。

三宗が舌を伸ばすと、香ノ木はそれを絡め取って擽るように撫でるように、擦り寄ってくる。

このままずっと、いつまでだってキスをしていられそうだ——そう思ったのに、不意に香ノ木の唇が離れたかと思うと三宗はベッドに体を沈めていた。

キスに溺《おぼ》れすぎだ。

夢から醒めたみたいにハッとして香ノ木の顔を仰ぐと、その頬が紅潮しているように見えた。そんな香ノ木の顔、見たこともない。

それこそ人形のような、人が美しいと感じるように計算されて作られたものなんじゃないかと疑わしくなるくらいきれいに整った香ノ木の頬に朱がのぼるとこんなにもいやらしく感じるものかと驚く。

もっとも、いやらしいと感じるのは三宗がたった今までキスをしていたせいかもしれないけれど。

離れた唇が、濡れたまま首筋に埋められると三宗は香ノ木の背中に回した腕を震わせて――ハッとした。

「ちょ、待っ……アンタ、仕事は？」

時間はわからないけれど、窓の外はまだ明るい。

慌てて抱き返してしまっていた背中を掌で軽く叩くと、逡巡するような間を置いた後、香ノ木がゆっくりと顔を上げた。

……不満そうだ。

「大丈夫。今日は三宗のために空けてあるから。予定は入れてない。あぁ、それから人払いもしてあるから安心していい」

香ノ木は集中したい作業がある時などには部屋を訪ねてこないでほしいだとか、そう言って事前に人払いを頼むことがままある。それはわかる。使用人はそれを忠実に守る、けれど――

「それって、……俺が来るから部屋には入るなって言ってあるってこと？」

香ノ木は無慈悲に肯いた。

いや、執事が――あるいは執事だった人間が戻ってくるからって部屋を訪ねるなっておかしいだろう。

まさか、まさか三宗と香ノ木が部屋の中でこんなことをしているだなんて誰も思わないかもしれないけれど、様子がおかしいとは思うかもしれない。

そもそもこんなことがあった後でどんな顔をして他の使用人と顔を合わせればいいのかわからない。

急に恥ずかしさが突き上げてきて、全身がどっと汗ばんでくる。

「……アンタがそんな人だとは思わなかった……」

「そんな人、とは？」

大きく息を吐いて熱くなった顔を掌で覆うと、それを嫌がるように香ノ木が三宗の手首をそっと掴む。

無理やり引き剝がされるというわけでもないのにそれに促されて片目を覗かせると、それだけで香ノ木は嬉しそうに微笑んであらわになったほうの三宗の頬に唇をすり寄せてきた。

そうされるだけで、胸の奥がムズムズとしてじっとしていられないくらい、何だか幸せな気持ちになってくるからたちが悪い。

「だ、だからぁ……こんな、昼間から……こういうこと」

こ、う、い、う、ことがどんなことなのかは三宗もよくわからない。

だけどベッドの上で体を重ねて、舌を絡め、吐息を熱くさせているのだからそ、う、い、う、こ、と、だろう。

男同士なんてどうしたらいいかはわからないけれど、どうにかなりたい気持ちがないわけでもない。

でも、まだ日は高い。

部屋の外では使用人が今も主人のために働いているはずなのに。

「愛を睦《むつ》み合うのに時間なんて気にしていられないな」

「いや、気にしろよ！」

「嫌だ」

むっと香ノ木の唇が尖ると、三宗はそれすらもちょっと可愛く思えてしまった自分に呆れた。なんだ、もうずっと香ノ木のことが好きでたまらなかったみたいだ。思いもよらなかったから気付かなかったけれど。

子供のような駄々をこねる香ノ木に思わず笑ってしまった三宗の手をもう片方摑むと、香ノ木はそれをやんわりとシーツの上に押さえつけて額を合わせた。

香ノ木の髪がさらりと三宗の頰にも落ちてきて、視界が閉ざされる。

誰もが見惚れるほどの香ノ木の美しさを、独占しているような気分だ。

「私は今、お前が欲しい。三宗を感じたい。今すぐ私のものにしないと、またいなくなってしまいそうで」

「バカか。……いなくなんねェよ」

大きくため息を吐いて押さえつけられた手を振り払うと、香ノ木の背中に回す。

もう、立ち去りようがない。

自分の気持ちに気付いて、これほどまでに求められてしまったら。

「三宗が屋敷を出ていってしまった時、引き止めるために駆けつけなかったことを後悔しているんだ。

何を置いても、お前のもとに行くべきだった。私の名誉を守ってくれた、お前のもとへ」

「しょうがねーって。トラブルの後始末が先じゃん。つか、あん時追いかけてこられても俺、たぶん全力で逃げたし」

部屋に残った香ノ木が清瀬にどう口封じをしたのか、その後どうやって根回しをしたのかはわからないしあまり想像したくない。怒った香ノ木は怖そうだ。

もしあの時すぐに追いかけてこられても三宗は香ノ木の顔を見られなかっただろうし、別にこれで良かったんだと思える。

戻ってくる気はなかったけれど、戻ってきてしまったらもう離れられない気がした。

「……三宗」

衣擦れの音と同じくらいの静かな声で囁いて、香ノ木が三宗を強く抱きしめた。

抱きしめられた腕から、切なさが伝わってくるようだ。

「もうどこへも行かないでくれ」

「それはわかったって。……自分でも身に沁《し》みてわかったし」

香ノ木のことを自分の手で幸せにしたいと思っていることが。

誰が見ても完璧な王子様みたいなこの男を、自分の腕の中で甘やかして、他の誰にも渡したくないと思っていることも。

そんなこと、素面《しらふ》じゃそうそう言えないけれど。

「三宗、好きだよ」

抱きしめた腕を緩めて顔を覗き込んだ香ノ木は、三宗が当面しばらくは口にできなさそうなことをさらりと言ってのける。

こんな柄もよくない大の男を捕まえて好きだの愛してるだの離したくないだの、よくも言えるものだ。三宗が香ノ木に言うならまだしも。

そう言われて素直に照れている自分もまったく、どうかしてる。

「それも、わかった」

ただでさえ心臓に悪い香ノ木の顔が、余計直視できない。

三宗が視線を逸らしてわざとぶっきらぼうに答えると香ノ木が頰から耳朶《じだ》へ唇を滑らせた。

ともすると、香ノ木の唇が肌の上を少し移動するだけで声を上げそうになる。なんとか堪えようとしても短い呻き声が漏れてしまうし、何だか、じっとしていられない。

「本当にわかってる？」

「わかっ、て……っ！」

耳朶を食んだ香ノ木の手が、シャツを着けた三宗の胸の上を這う。それだけでも思わず背筋が震えて身を捩ると、その腰に昂《たかぶ》りを感じて三宗は息を吞んだ。

香ノ木が自分に欲情しているということを、にわかには信じ難かった。

これだけ口内を暴きあうようなキスをしているのだからそういうことだとはわかっていたはずなの

に。

そしてそれ以上に、香ノ木の欲を感じ取ってもなお、少しも抵抗を覚えない自分にも戸惑った。それどころか、三宗の前もさっきからずっと窮屈さを感じている。

三宗がそれに気付いたということに香ノ木も気付いたのか、交差させた足を挟み込むようにして腰が強く擦り付けられてきた。

「……っ、」

ただでさえ苦しいものを圧迫されて、たまらずにベッドの上で背を反らす。それも、香ノ木のもので擦られているのだと思うと体がひとりでに熱くなってきてしまう。

「好きだよ、……好きだ。本当にわかってるのか？　私がどれだけ三宗に焦がれているか」

甘く嚙んだ耳朶に吐息を浴びせる香ノ木の声が熱く、掠れている。

胸の上を這った掌が体の線をなぞるように脇腹から撫で上がってくると、三宗の肌が粟立って痙攣《けいれん》するように震えた。

「わ、か……って、るって」

食いしばった歯の隙間から、短く声が漏れてしまう。それが妙に鼻にかかった、自分のものとは思えない艶《なま》めかしい色を帯びているように感じて口を塞ぐ。

香ノ木はそれを横目に見ながら、皺を寄せた三宗のシャツの上で手を止めた。

指先を、胸の上に押し付ける。

「……っ！」

何をされたのかわからないまま、勝手に体が跳ねていた。

「ちょ、っ……待っ、なに……ン、なトコ……っ」

シャツの上で香ノ木が指を擦らせながら、耳朶に舌を忍ばせてくる。

胸から電流のように走る甘い痺れと、耳からひろがる艶めかしい水音に思わずシーツを蹴り、逃げを打つように身を捩った。しかし腰は押し付けられたままで、三宗が身動ぐたびまるで香ノ木の昂りに腰をすり寄せてしまっているかのようだ。

「い、あっ……っは、やめ、っ……ぅ、」

香ノ木の指が動くたび、とてもじっとしていられない。鼻から高い声が漏れそうになって、息を詰めていると腰をぐいと突き上げられる。

ビクビクとベッドの上で体が跳ねると、たまらずに三宗は香ノ木の背中にしがみついた。

「も、やめ……っ、葵」

デニムが窮屈で、痛いくらいだ。香ノ木の弄《いじ》った胸も自分でも驚くほど過敏になってヒリヒリとする。それを癒《い》やすように耳をねぶられているけれどそれがあるから余計に背筋が震えて、逃げ場がない。

まるで泣きを入れるような声で葵の名前を呼ぶと、ぴくりと香ノ木が反応して顔を上げた。

「……葵」

名前を呼ばれて嬉しいなんて、犬や猫でもあるまいし。

だけど顔を覗き込んできた香ノ木の顔があまりにも幸せそうで、三宗はもう一度その名前を口にした。

「もう苦しいんだって。……な、……もう、早く楽にして」

だからといっていつまでも顔を見られているのも恥ずかしくて腕を回した首を引き寄せると、香ノ木が嬉しそうに笑った。

「ああ、私もだ。三宗があまりにも可愛く鳴くものだから熱くてたまらない」

「はァ!?　っ、可愛いとか、……バカじゃねェの」

バカだバカだと繰り返しながら顔を背けてキスを拒むと、香ノ木が罵《ののし》られているのに笑いながら首筋に吸い付いてくる。

強く吸い上げられて、舌でなぞられ、もう一度嚙み付くように吸われた時、急に楽になった下肢に香ノ木の手が滑り込んできた。

「っぅ、あ……！」

香ノ木の掌で優しく包み込まれて、撫で上げられる。

まるで壊れものでも扱うかのような手つきなのに、それがかえって劣情を煽《あお》るようで三宗はシーツの上で体を反らした。

「ぃ、あ、っ……あ、葵、……っ葵、のも……っ」

香ノ木も熱くなっていることを知っているのに、こうして一方的に触れられているばかりじゃ自分一人が欲しがっているようで不安になる。

うん、と相槌のような声が聞こえたかと思うと香ノ木の手が離れてスーツの前を解く音が聞こえる。

香ノ木にも余裕がないように感じた。それだけで愛《いと》しさが胸に突き上げてきて、三宗は自分から香ノ木の額に口付けた。

「！」

驚いたように顔を上げた香ノ木の顔が無防備で、思わず噴き出す。

「ンだよ」

「……三宗からキスをしてくれるなんて」

熱で目が潤んでいるのか、香ノ木の目がいつもよりキラキラと光って見えてなんだかおかしい。

「俺がキスしちゃおかしいのかよ。別に、俺だってキスくらいするよ。……もう、執事じゃないんだろ」

照れを隠そうとすると不貞腐れたような顔をしてしまう自分に呆れながらも、それでも香ノ木が嬉しそうに破顔すると、もうなんでも良くなってきてしまう。

「そうだ。私の大切な、可愛い恋人だ」

「っ、ぁ……か、わ……っとか……！　ん、っ――……！」

下肢に焼け付くような熱がぴたりと寄り添ってきて、一緒に脈打っている。香ノ木がそれに手を添えながらゆっくりと腰を揺らすと、三宗は喉を引き攣らせながらシーツを握りしめた。

「ぁ、っ……な、ンこれ……っやば、っ」

香ノ木の息が弾んでいる。

どちらのものかはわからないけれど既に糸をひくような水音をたてたそれが、下腹部で互いの形を舐め合うように絡み合う。少しでも触れ合うだけで熱と息遣いが伝播して甘美な刺激が走って、三宗は喘ぐようにしゃくりあげた。

さざなみのように押し寄せる快楽だけじゃ物足りなくて、溺れるくらいのそれを欲しがって三宗から腰を突き上げると、香ノ木の手がきゅうっと強くふたつのものを握りしめる。

「ぅ、っ……く、――っふ、ぁ……あ、っ」

シーツを摑んでいた手を離して、寄る辺もなく香ノ木の背中にしがみつく。

香ノ木にしては乱暴と思えるほど強く押し付けた腰の間でぐちぐちと濡れた音を響かせながら体を揺らすと、三宗は何度も唇を結び直しながら声を抑えることができなくなりつつあった。

「三宗、……三宗」

キスをしていなければどうにかなってしまうと信じているかのように、香ノ木の唇が耳を食み、頬を吸い上げて首筋に降りていく。

そのままさらに下降すると、香ノ木が三宗のシャツを咥《くわ》えた。

「え？　……ぁ、」

ボタンを外せということだろうか。朦朧としたまま自分の手で開こうとすると、香ノ木が片手で器用に外し始めた。

三宗は上から、香ノ木は下からボタンを解き始めたものの、どうにも手元が覚束ない。片手で外した香ノ木のほうが早い。

開いたシャツの中へ掌を滑り込ませた香ノ木が、すでにぷくりと勃《た》ち上がった三宗の胸の飾りをつまんだ。

「ん、ぅ――……っ」

シャツを開けと言われた時点で、そうなることはわかっていたはずなのだけれど。その期待感があったからこそ、過剰なほど敏感に反応してしまって、三宗は両手で口を押さえながら身を捩った。

「いけないよ、三宗。もっとちゃんと見せてごらん」

別に隠そうとしたわけじゃない。逃げようとしたわけでもないけれど、横臥《おうが》したがったように見えたのかもしれない。それを諌めた香ノ木が、下降させた唇をもう一方の突起に寄せる。

「ふ、ぅっ……ぁ、あっ、待っ――……あっ、あ……っ！」

先端を短く吸い上げられただけで、高い声が漏れてしまった。抑えきれずにビク、ビクンと波打った体が蜜《みつ》をあふれさせて香ノ木のものを濡らしてしまったのもわかる。

それなのに香ノ木は口内に含んだものを舌先で転がしながら、下肢で濡れたものをさらに擦り合わせようとしてくる。

「ぃ、っあ……やめ、っ——葵、っも、やめ……っダメだ、ぁ、あっ」

香ノ木の舌が動くだけで痙攣が止まらなくて、声が上ずる。

泣きじゃくるような声を上げている自分に気付きながらもどうすることもできなくて、三宗はしきりに首を振った。

「ダメ？」

舌先を突起に残したまま胸から視線だけを上げた香ノ木がどこか甘えたような、あるいは三宗をそそのかすような声で聞き返す。

そうしている間にも下腹部ではさっきより水音が増していて、三宗も香ノ木に呼応するように揺れる腰の動きを止めることはできない。

体が熱い。

早く、どうにかして欲しい。どうにかなりたい。

これが、香ノ木の言う「自分のものにしたい」ということなんだろうか。

「っ、も……イきそう」

自分でも嫌になるくらい弱々しく震えた声で哀願すると、香ノ木が突起を指先で意地悪に捏《こ》ねた。

「んっ、ぅ……！」

「出してもいいよ、私ももうたまらない」

正直、このまま責められ続けたらイけそうだし、それで香ノ木もそうなったらそれでも十分な気はする。

だけど、もっと欲しい。

ただ気持ちいいことを共有したいだけじゃなくて、もっと、溶け合いたい。もっと、離れられなくなるほどの熱が欲しい。

「い、——嫌だ」

しゃくりあげた呼吸を詰めて、泣き出しそうな声で香ノ木を精一杯睨みつける。

香ノ木もさすがに驚いたように、顔を上げた。

「だってアンタ、……俺のことが欲しいって言っただろ。……アレ、嘘かよ」

「嘘じゃない。三宗が欲しい。私のものにして、永遠に手放したくないと思ってるよ」

この期に及んで、三宗の機嫌を損ねたとでも思ってるんだろうか。体をのぼってきて、鼻先を寄せて目を覗き込んでくる香ノ木が三宗の一言に困惑しているようで、ちょっとおかしい。

嘘じゃないことだってわかってる。

重ねた肌の熱さで、恥ずかしいくらいに香ノ木の気持ちは伝わってくる。だからこそだ。

「だったら、……アンタのものにしろよ」

寄せた唇に、荒く弾んだ呼吸が触れているだろう。自分でも、ケダモノかと思うくらい興奮しているのがわかる。

せめてもの強がりで香ノ木を睨みつけるように見つめながら目の前の唇に噛み付くようにキスをす

ると、すり寄せた下肢に手を伸ばした。

「……っ！」

顔が近すぎて、香ノ木の驚いた表情を見られないのが残念だ。でもそれどころじゃない。

焦《じ》れったくて、苦しくて、恥ずかしくて、恋しくて、気が変になりそうだ。

伸ばした手で香ノ木自身に触れると、それを自分の背後に導く。足が思うように開けなくてデニムを蹴るようにばたつかせると、香ノ木が後ろ手に協力してくれた。

こんなことを段取りも考えずに思いつきだけで行動してしまうくらい、余裕がない。

早く、香ノ木が欲しくて。

「……いいのか？」

あらわになった窄《すぼ》まりに突きつけられた先端が濡れて、ヒクついている。

その状態からダメだなんて、言うはずがない。香ノ木だって言われたら困るくせに。さっきから表面を舐めるように滑っては、そのたびに雫《しずく》を零しているのがわかる。

「俺が、……アンタのものになりたいっつってんの。早く、めちゃくちゃにしてくれよ」

それがどんなことなのかわからない。経験したこともないし、男とこんなことになるなんて想像したこともない。

だけど、香ノ木とならそうなりたい。ならない選択肢なんて思いつかない。

心も体もそう感じていて、香ノ木の触れた背後はさっきから収縮を繰り返している。

早く、とせがんだ三宗が恥ずかしさに顔を隠していると、その向こうで香ノ木が小さく息を吐いた。まさか、呆れられたわけでもないだろうと思いながらも不安になってちらりと顔を窺うと、香ノ木は困ったように笑っていた。

「めちゃくちゃにしてくれだなんて……そんなことを言われたら、自分でもどうしてしまうか自信がない。覚悟していいてくれよ」

低い、雄の声。

不意に目をギラつかせた香ノ木の表情に息を呑んだその瞬間、熱いものが体内に分け入ってきた。

「ア、――……つぅ、あ……！」

感じたこともない質量に背後を拡《ひろ》げられ、熱に焼かれていく。

逃げられないようにしっかりと腰を押さえた香ノ木の両手が三宗の肌に食い込んで、更に強く引き寄せる。

「あ、あ……っあぁ、っぁ――……っ」

ベッドの上に投げ出した上体が断続的に震えて、自分でも止めることができない。

香ノ木が、入ってくる。そう意識するだけで背後がひとりでに息衝《いきづ》いて、そのたびに今まで経験したことのないような甘い疼きが体に広がっていくようだ。

「三宗、っ……」

香ノ木も苦しげな声を引き絞って、体を覆いかぶせてきた。その背中を掻きむしるようにしがみつく。

「あ、……っぃ、あっ……ぁあ、っひ、ぅ……っ」

ぐっと深く腰を進めてきた香ノ木に押し出されるように声が漏れる。

すぐに小刻みに腰が揺さぶられ始めると、下腹部の疼きが大きなうねりになって三宗の背筋を這い上がってきた。じっとしていられなくて、何度も香ノ木の背中を握り直しながら身を捩る。

「ぁ、や……っ、ゃば、っ——……すげ、っ……ん、ぁ、っもぅ……！」

なんて形容したらいいのかはわからない。

ただ、まるで初めて人と肌を重ねているように感じた。

こんな風に頭の中がめちゃくちゃになるような気持ちになったのは生まれて初めてだ。繋がっている場所だけじゃなく触れ合った胸も、しがみついた指先も、何度も重ねようとするのに体を揺さぶられるせいでうまく吸い合わせられない唇も、体中全部が快楽に溺れているように感じる。

幸福で満たされて、息もできない。

「……っ三宗、いいか？」

唾液《だえき》で顎先まで汚れてしまった三宗を、きれいなものでも見るように目を細めた香ノ木が苦しげに尋ねる。

三宗は何度も肯いて、泣き出しそうになるのを堪えながらしがみつく腕を強くした。

これから何度だって香ノ木と繋がれるだろう。それなのに、この初めての一回が終わってしまうのが悲しく思えてくる。だけどそれ以上に、一番高いところに早くイきたい。一緒に。

「俺も、……っも、出るっ……！」

下唇を噛んで、ぶるっと大きく震える。

そのか細くなった声を吸い込むように香ノ木が唇を寄せると、三宗はそれに貪《むさぼ》りついた。

「ん、ぅ――……っん、ふ……っん、ん――……っ！」

さっきまでよりも乱暴に唇をねぶられ舌を吸い上げられると、それだけで三宗の下肢が大きく跳ねて頭の中が白く閃光《せんこう》した。と同時に、体の中にどっと熱いものが広がる。

「んぁ、あ……っ葵、……っあ、……あ、ぅ……っん、ン」

三宗が大きく仰《の》け反《ぞ》ってしまったせいで離れてしまった唇を欲しがって香ノ木の頭を抱き寄せる。

どく、どくんと何度にも分けて注ぎ込まれる奔流を感じながら、三宗は自分の呼吸を欲しがるかのように香ノ木に口付けた。


朝六時。

朝食の支度を終えたメイドがこの屋敷の主人を起こしにやってくる。

重い木の扉をノックすること、二回。少し間を置いてから、ゆっくりと扉が開かれる。

「おはようございます」

「おはよう」

起こしに来るとはいっても、メイドに起こされるまで主人が寝ているなんてことはいまだかつて一度もない。どちらかと言えば、身支度を終えた主人を呼びに来る、というほうが正しい。

——今までは、そうだった。

三宗がこの屋敷に戻ってくるまでは。

「あー……もうそんな時間か。悪い、すぐ起こして準備させるから」

時計見るの忘れてた、と頭を掻いた三宗が声を潜めてメイドに詫《わ》びると、メイドももう慣れた様子で小さく笑って肯いた。

今となっては、香ノ木の寝室に早朝から三宗が滞在していても誰も怪しむことはない。

毎晩のように香ノ木のベッドで気をやって朝を迎えるたび、こっそりと自分の部屋に戻ることが困難になった三宗はいっそ開き直ることにした。

三宗が屋敷に戻ったその日のうちからなんとなく、暗黙の了解のように使用人の間には関係がわかっていたようなものだ。

それどころか香ノ木が以前にもまして他の使用人の前でも三宗から離れまいとするものだから、取り繕っているほうが馬鹿馬鹿しい。

「葵。……朝。起きろ」

メイドが扉を閉めたのを確認してから、昨晩の情交の痕《あと》が色濃いベッドに引き返して香ノ木の肩を揺する。

香ノ木は一糸まとわぬ姿で、三宗を抱きしめていた格好のまま眠っている。

肩を揺さぶってもくぐもった声を短くあげるだけだ。

これが、以前はメイドに起こされるまでもなく一人で起きていたというのだから信じられない。そう言えば、三宗を愛することに忙しくて就寝時間が遅くなったからだなどと言われるんだろう。

それでも三宗はしっかり朝五時に起きているし、そんなに朝起きられないなら毎晩抱かなくてもいいんだぞと言ったりしたら――どんな顔をされるかわからない。

それに、そんなことは三宗だって望んでいるわけじゃない。

香ノ木の睡眠時間が以前に比べて短くなっているとは思えないし――その分、ベッドに入る時間は早くなっているけれど――単純に、甘えているだけだ。

香ノ木は三宗がそばにいるおかげで眠りが深くなったんだと言い張っている。それもわからないでもない。三宗も、香ノ木の隣はよく眠れる気がする。ただそれはもしかしたら就寝前の激しい運動のせいかもしれない。

「葵。今日は九時から総会、十二時にランチミーティングで十四時から調印式、十七時からは……」

スケジュールを暗誦する三宗に、ベッドの中から腕が伸びてきた。あっと思う間もなく、首を引き寄せられて倒れ込む。

「……おはよう」

目の前には、もうすっかり見慣れた寝ぼけ顔の香ノ木がいる。

「おはようじゃねェだろ。もうメイドが迎えに来たぞ。完全に寝坊」

さっさと起きろ、と目の前の小さな鼻をつまんでやろうとすると、寝ぼけている人間のそれとは思えないくらい俊敏にその手を摑まれる。

その隙に香ノ木が首を伸ばしてきたかと思うと、ちゅっと短く唇を吸われた。

「――……っアンタ、絶対寝ぼけてねェだろ……」

今目が醒めたばかりの人間がそんなにテキパキと唇を奪えるものか。

むっとして三宗が睨みつけて見せても、香ノ木には全然堪えないようだ。双眸を細めて夢のように微笑んで、三宗の後ろに撫で付けた髪をそっと撫でる。

「今日もよく似合ってるよ。燕尾服」

話にならない。

三宗は大きくため息を吐いて、引き倒されたベッドから一人で身を起こした。

せっかく着た燕尾が乱れて、皺になる。

その後、結局三宗は香ノ木の執事に復帰した。そうでもなければ屋敷の中でぶらぶらしているわけにもいかないし――香ノ木を一番近くで支えられるのは執事だからだ。

それに、三宗が執事を辞退すれば他の人間が執事を務めることになる。

そんなことは三宗の独占欲が許さない。

迷惑をかけた使用人たちに頭を下げて執事を続けさせてもらえるように頼むと、加納には何のことやらととぼけられ、里井にはちょっとしたお小言を受けた。それだけだった。

乱れてしまった燕尾服の裾を引き、形を整えて首のタイの位置を直していると、ようやく香ノ木も起きてきた。

さっきまであんな寝ぼけた顔をしていたのに、もうすっかりいつも通りの澄ました顔をしている。

「ほら、早く準備しろよご主人サマ」

朝の入浴をするためのガウンとタオルを手渡して、今日着ていく予定のスーツの準備を始める。

考えてみれば、メイドのしていた仕事が三宗にスライドしてきたのだからメイドからしてみたらラッキーというところなのだろうか。あの笑顔はそういう意味かもしれない。

しかしこの孤高で美しい主人の身支度を手伝えることを幸せに思っていたメイドもいたかもしれないと思うと――ラッキーと思うべきなのは三宗のほうか。

どうやらつくづく、自分は独占欲の塊らしい。こんなこと、今の今までまったく知らなかった。キリのない欲望に、我ながら呆れる。

そっとうなだれた三宗の様子に気付いた香ノ木がガウンを手にしながら顔を寄せてきた。

「もうおはようのキスは済ませただろ」

なんでもねェから早く支度しろ、とその体を押しやろうとすると、香ノ木が短く笑った。

「……なに」

「いや。私が三宗の主人になれたらいいのにと思っただけだ」

「は？　主人だろ？」

確かに三宗は香ノ木の恋人になったかもしれないが、執事でもある以上香ノ木が主人であることに変わりはない。

二人きりの時と、仕事の時で態度を切り替えるのはもうずっと以前から変わらない。

何を言ってるんだとばかり訝しげに仰ぐと、適切な言葉を探すように香ノ木が首をひねった。

「つまり――そう、三宗が私の妻になればいいということだ」

「っ、！」

ぎょっとして、思わず後退った。

朝から何を言い出すかと思えば。

確かに、昼間は執事として香ノ木を主人だと思っているけれど夜はといえば――香ノ木の嫁のようなものかもしれない。少なくとも、していることは。

そう思うと時間差でかっと顔が熱くなってきて、昨晩執拗に刻まれた香ノ木の口付けの痕がいくつも残った体が疼いてくる。

「愛してるよ、私の可愛い――執事」

後退った三宗の腰に腕を回した香ノ木が、目を細めて微笑みながら唇を寄せてくる。その甘い唇を寄せられると、どうにも抗《あらが》えなくて三宗は呆れたような素振りをしながらもまぶたを閉じて首を伸ばした。

やくざから執事になったかと思えば――今度は、嫁になる日も近いのかもしれない。

あとがき

茜花《さいか》ららと申します。こんにちは、または初めまして。

このたびは「拾われヤクザ、執事はじめました」をお手にとっていただきありがとうございます。


小さい頃からお話を書くのが好きで、不良やチンピラ、ヤクザなどのアウトローな男性キャラクターに萌えるようになったのは十代後半くらいからだったでしょうか……もちろん（？）その頃にはとっくにBL好きだったんですが、ヤクザが受けのお話を書いたのは本作が初めてかもしれません。厳密にはヤクザが受けなケースもありましたが、三宗《みつむね》のようなタイプの「ザ☆チンピラ！」みたいな子を受けにしたのは初めてです。

編集部のM様とお話しているうちに三宗が生まれていったのですが、実際に書き始めるまでは「大丈夫……？　ちゃんと受けられる……？」と不安でいっぱいでした。笑。

提出したプロットには「攻めっぽい受け、受けっぽい攻め」と書いてあります……が、葵《あおい》は受けっぽくなりませんでした……よね？（不安）。

執事って萌えますよね！　と思いつつ自分で書くのは初めてだったので、本作を書くにあたって執事について調べたりしたのですが……そもそも燕尾着なくない……？　という、そこはビジュアルのために目を瞑っていただければと。

あるいは葵のご両親の趣味かもしれない。葵は「別に三宗がいいならジャージでもいい」と言うかもしれません。ただ、「でもそれじゃ場の空気に合わねェし、スーツで」って言われたら難しい顔をするでしょうね……三宗のジャージ姿は可愛いからアリ。スーツはナシ。燕尾は似合うからアリ。とか、本作後の葵なら言いそうです。

ジャージ姿といえば！　乃一《のいち》ミクロ先生の三宗の金髪&ジャージのチンピラ姿がめっっっちゃくちゃかわいくて、ありがとうございます！

キャララフ時点で燕尾服の三宗と一緒にヤクザ時代三宗を頂戴して、「かわいい！　かわいい！」と言っていたおかげなのか、口絵にジャージ姿を描いていただいて……！　乃一先生、そして担当O様M様、ありがとうございます！

表紙と口絵の三宗の衣装替えもよいのですが、葵の表面と内面……という感じの表情の違いもとても震えました。本当にありがとうございます……！

さてさてとても私事ではありますが、本作をもって著作がちょうど十作を迎えました。

初めて発行していただいた時は単純に浮かれていたのですが、二作、三作……と続けていくうちに「楽しんでいただけているかな？」とちょっとおっかなびっくりになって、こうして晴れて十作を迎えられたことは奇跡のようだな～と感じています。

どれもこれも、拙作を手に取ってくださった読者様あってのことです。今回たまたま読んでみたよ～という方も、私の名前を認識してくださっている方も、皆様本当にどうもありがとうございます。

勝手に一つの節目を迎えられたなーと思っていますが、今後も皆様の気持ちを弾ませられるようなお話を書けたらと思います。今後とも何卒よろしくお願いいたします。

どうか、また次の本でもお会い出来ますように！

２０１８年　１月　茜花らら

ヤクザな悪魔と疫病神

やくざなあくまとやくびょうがみ

茜花らら
イラスト：**白コトラ**

本体価格870円+税

疫病神体質の三上卯月は、疫病神と詰られながら育ってきた。卯月を生んだせいで母親は亡くなり、自分を引き取ってくれた叔母の家では原因不明な火事に見舞われた。初めてできた友達も交通事故に…いつしか卯月は他人と関わらないようにと自ら命を絶つことばかり考えるようになる。そんなある日、ヤクザの佐田と出会い、殺されそうになる。全く抵抗しない卯月を面白がった佐田に、どうせ死ぬのならこれくらいなんでもないだろうと抱かれてしまい、その上佐田の自宅に連れていかれてしまう。しかし卯月はようやく出来た自分の居場所に安心感を覚え…。

リンクスロマンス大好評発売中

狐が嫁入り

きつねがよめいり

茜花らら
イラスト：**陵クミコ**

本体価格870円+税

大学生の八雲が友人と遊んでいると、突如妖怪が現れる。友人が妖怪に捕らわれそうになり、恐怖に凍りついた八雲が思わず母から持たされたお守りを握りしめると、耳元で『私の名前をお呼び下さい』と男の囁く声が…。ふと頭の中に浮かんだ『炯』という名を口にすると、銀色の髪をした美貌の男が現れたが、自分たちを助け、すぐに消えた。翌朝、そのことは誰も覚えておらず、白昼夢でも見たのかと思っていた八雲だったが、突如手のひらサイズの白い狐が現れ、自分は『あなたさまの忠実な下僕』だと言い出して―。

ネコミミ王子《ねこみみおうじ》

茜花らら
イラスト：**三尾じゅん太**
本体価格855円+税

母が亡くなり、天涯孤独となった千鶴。アルバイトをしながら一人孤独に生活する千鶴の元に、ある日、存在すら知らなかった祖父の弁護士がやって来る。なんと、千鶴に数億にのぼる遺産を相続する権利があるらしい。しかし、遺産を相続するには士郎という男と一緒に暮らし、彼の面倒を見ることが条件だという。しばらく様子を見るため、一緒に暮らし始めた千鶴だが、カッコイイ見た目に反して、ワガママで甘えたな士郎。しかも興奮するとネコミミとしっぽが飛び出る体質で―!?

リンクスロマンス大好評発売中

一つ屋根の下の恋愛協定《ひとつやねのしたのれんあいきょうてい》

茜花らら
イラスト：**周防佑未**
本体価格855円+税

祖母から引き継いだ恭が大家をしている食事つきのことり荘には、３人の店子がいた。大人なエリートサラリーマンの乃木に、夜の仕事をしている人嫌いの男・真行寺、そして大学生で天真爛漫な千尋と個性豊かな３人だ。半年かけ、ようやく炊事や掃除など大家としての仕事も慣れてきた恭は、平穏な日々を送っていた。しかしその裏では恭に隠れてコソコソと３人で話し合いが行われていたようで、ある日突然自分たちの中から誰か一人を恋人に選べと迫られ…。